HEX ME NOT

Edizione italiana

WICKED GOOD MYSTERY SERIES

LUCY MAY

SENZA TITOLO

«Sono le finezze che fanno la differenza, il destino ci dà la mano e noi giochiamo le carte.» -Arthur Schopenhauer

CAPITOLO UNO

MOIRA WICKED

Con l'autunno che soffiava sul Maine, Charm Cove era un tripudio di colori, le foglie degli alberi formavano uno sfondo vivace di rosso, oro, arancione e viola. L'autunno era una delle stagioni più intense per Persnickety Potions & Gifts. Mentre camminavo nel parco cittadino una mattina, godendomi l'aria frizzante, il profumo del fumo di legna e i colori stupendi, incontrai Beatrice Powers. Come al solito, stava sfrecciando nel suo giro attorno alla città, lasciando il resto del suo gruppo di camminata veloce nella sua scia, con i gomiti che volavano e il passo ben oltre il vigoroso.

Si fermò di colpo quando mi vide. «Moira Wicked. Come stai?» chiese, con gli occhi castani luminosi e i capelli argentati tagliati corti che brillavano sotto il sole del primo mattino. Mi ricordava un colibrì, con la sua energia che ronzava sempre anche quando restava ferma.

«Sto bene, Beatrice. E Lei?»

«Eccellente, eccellente. Ho sentito che hai preso in gestione Persnickety Potions & Gifts. È vero?»

«Beh, tutta la nostra famiglia ne è proprietaria, ma in questo momento, zia Lea ha altre cose su cui concentrarsi, quindi mi sto occupando io principalmente della gestione.»

Principalmente era la parola operativa qui, visto che la mia *intera* famiglia significava *un sacco* di persone, tutte piuttosto felici di condividere la loro opinione su come dovrebbero essere gestite le cose. Mia madre e zia Lea erano le due più propense a darmi ordini su come gestivo il negozio, ma mi avrebbero comandato a bacchetta avessero avuto l'autorità per farlo o meno. Era un semplice fatto della mia vita. Tuttavia non vedevo motivo di entrare nei dettagli con Beatrice.

Beatrice annuì rapidamente, con un'espressione di preoccupazione che le attraversò il viso. «Ho sentito di Lea. Le dica che le mando i miei saluti. L'ho incoraggiata a unirsi al mio gruppo di camminata. Voglio dire, non può che aiutare, giusto?»

Mi morsi l'interno delle guance per non ridere. Provare a immaginare zia Lea che faceva walking power, beh, era decisamente difficile da immaginare. Era certamente in buona forma e lo era sempre stata, ma non era molto propensa all'esercizio di gruppo. Preferiva le sue escursioni solitarie e quel genere di cose. Amava anche nuotare. Per tutta l'estate, faceva nuotate mattutine nell'oceano.

Mi limitai a sorridere e annuire. «Beh, sa che si mantiene in forma. Non sono sicura che il power walking sia il suo genere, però.»

Beatrice strinse le labbra, appoggiando una mano sul fianco snello. Era difficile credere che avesse più di novant'anni. Supposi che fosse una pubblicità vivente per il power walking. «D'accordo. Se Lei volesse unirsi a noi, è anche benvenuta. Passerò dal negozio più tardi perché mi servono alcune cose.»

Detto questo, ripartì a tutta forza, con i gomiti che oscillavano mentre si affrettava per raggiungere il suo gruppo. Continuai per la mia strada, fermandomi al Magic Beans. Avevo bisogno di un caffè prima di iniziare la mia giornata al negozio. Il commento di Beatrice su zia Lea persisteva nei miei pensieri. Continuava ad andare avanti e indietro da Portland per le sue visite mediche. Preferiva non parlarne molto, ma insisteva sul fatto che avrebbe sconfitto il cancro al seno.

I "leaf peepers" erano in forze dentro Magic Beans, una delle caffetterie più popolari di Charm Cove. I tavoli erano affollati, e c'era una fila piuttosto lunga, che arrivava quasi alla porta. "Leaf peepers" era il soprannome amichevole per i tanti turisti che venivano nel New England specificamente per vedere i colori autunnali. Una volta che le foglie iniziavano a cambiare colore, erano spettacolari e valevano davvero la pena il viaggio.

Con Charm Cove su un'autostrada costiera del Maine, i leaf peepers la seguivano verso nord per vedere ogni pittoresca cittadina e godersi la vista combinata delle montagne e del mare. Eravamo appena a sud della zona di Bar Harbor e del famoso Parco di Acadia. Molti turisti trascorrevano qui alcuni giorni prima di dirigersi lì.

Presi il mio posto in fondo alla fila, guardandomi intorno alla ricerca di volti familiari. Nonostante la mia iniziale resistenza a tornare a casa, ora che ero qui, ricordavo ciò che amavo di questo posto. Sebbene mi fosse piaciuto il mio tempo a New York, anche quando mi ero fatta qualche amico e frequentavo luoghi familiari, i volti erano sempre diversi con così tanta energia che ronzava.

Qui a Charm Cove, anche con i leaf peepers che affollavano Magic Beans, vedevo un mix di volti familiari. Respirai l'aroma di caffè fresco e prodotti da forno e guardai il mio orologio, chiedendomi se avessi abbastanza tempo per prendere il mio caffè e aprire comunque il negozio in orario. Sarebbe stata una corsa contro il tempo, ma probabilmente ce l'avrei fatta.

Me ne stavo tranquilla in fila quando qualcuno sussurrò il mio nome da dietro. Girandomi, mi ritrovai a guardare Opal Good. Con Liam Good e me che ci frequentavamo con cautela cercando di mantenere la cosa tranquilla, stavo avendo incontri casuali con vari membri della famiglia allargata, eccitati per noi e costantemente alla ricerca di informazioni. Mi preparai a sentire lo stesso dalla zia di Liam, Opal.

Opal indossava i suoi soliti pantaloni neri e camicetta bianca. I suoi capelli argentati erano raccolti in uno chignon, completato da un portasigarette d'argento antico che lo attraversava. Alta e snella, dovette chinarsi per sussurrarmi all'orecchio: «Qualcuno è entrato a casa nostra la scorsa notte e ha rubato diversi oggetti. Hai sentito tua madre questa mattina?»

Ok, questo *non era affatto* il saluto che mi aspettavo. Sgranando gli occhi, la guardai e scossi la testa. «No, non ho ancora parlato con lei. Perché me lo chiede?»

«Perché ho appena finito di parlare con lei al telefono. Anche a casa loro c'è stata un'intrusione.»

Oh cavolo. A Charm Cove non esisteva la noia.

«Cosa è stato rubato?» chiesi, mantenendo la voce bassa mentre la fila avanzava lentamente. Tirai fuori il telefono per scoprire che avevo tre chiamate perse da mia madre. Doveva aver chiamato mentre stavo guidando e non mi ero preoccupata di controllare da allora.

Opal sostenne il mio sguardo, socchiudendo i suoi penetranti occhi azzurri. «Cose importanti» fu tutto ciò che offrì.

Oh, mamma mia. Mi aveva scaricato questa notizia e voleva essere vaga. Imprecai silenziosamente. «Sa cosa è stato rubato ai miei genitori?»

Opal scosse rapidamente la testa. «No, ma so che erano cose importanti. Voleva che ci incontrassimo tutti.»

«Tutti?»

Opal annuì piuttosto vigorosamente. «Oltre a noi, qualcuno è entrato nel faro. Un Wicked o un Good, come sa, ha posseduto il faro sin da quando è stato costruito. Di conseguenza, è uno dei pochi luoghi in cui abbiamo una storia condivisa, e lì sono conservati oggetti importanti. Abbiamo un problema.»

In quel momento, alcuni nuovi clienti entrarono nella caffetteria dietro di lei, e Opal cambiò immediatamente argomento. «A che ora apre il negozio oggi, cara? Avevo intenzione di passare.»

Lanciando lo sguardo di lato, vidi una coppia di turisti dietro di noi. «Tra quindici minuti. Vuole semplicemente venire con me?» chiesi.

Opal annuì di nuovo vigorosamente, iniziando a chiacchierare del tempo e dei migliori posti per vedere le foglie. Dopo che ognuna di noi ebbe preso il proprio caffè e io afferrai una delle mie focaccine ai mirtilli preferite, Opal attraversò il parco cittadino con me.

Una volta entrate nel negozio, diedi rapidamente un'occhiata intorno. Nulla sembrava fuori dall'ordinario nella parte anteriore del negozio, ma quando andai sul retro, trovai un disastro. Qualcuno aveva rovistato tra gli scaffali dove conservavamo pozioni, articoli da regalo e altro. Bottiglie erano rotte sul pavimento e le cose ovunque erano in disordine. Opal attraversò la tenda di perline, con la bocca che si spalancava per un attimo. «O-M-G» disse.

Oh sì, a volte Opal parlava per acronimi. Strano, lo so. Acronimi a parte, Charm Cove aveva un ladro in libertà.

CAPITOLO DUE

Più tardi quella sera, le famiglie Wicked e Good si riunirono al Faro di Beacon's Charm, uno dei luoghi delle effrazioni. Dopo l'aggiornamento di Opal questa mattina, avevamo appreso l'entità dei furti: la casa di Opal e suo marito, la casa dei miei genitori, il faro, Niente Incantesimi e The Ink Spot. In tutto, cinque luoghi erano stati presi di mira – specificamente, cinque luoghi di proprietà di famiglie di streghe da secoli.

Le nostre rispettive famiglie avevano deciso che era meglio incontrarsi tutte in un unico posto per parlare. Dato il modo in cui le voci si diffondevano come un incendio in una giornata ventosa a Charm Cove, era meglio che parlassimo tutti insieme senza lasciare che i pettegolezzi diventassero troppo folli. La mia migliore amica, Zoe, mi aveva chiamato per farmi sapere che le voci stavano già impazzando. Il capo della polizia era persino passato da Niente Incantesimi questa mattina. Avevo organizzato l'arrivo delle mie cugine gemelle per aiutarmi a pulire e cercare di accertare cosa fosse stato rubato.

Il negozio era così affollato di articoli e oggetti, molti dei quali intrisi di magia, che era stata una sfida capire cosa mancasse. Alla fine, siamo riuscite a determinare che dall'area di vendita mancavano due oggetti, entrambe bacchette magiche autentiche. Nel retro, erano state rubate diverse pozioni, anche se non sapevo esattamente quali né quante.

Dopo aver parcheggiato la macchina, mi fermai a guardare l'alto faro. Dipinto di rosso con finiture bianche, si ergeva su uno sperone lungo la costa. Le onde si infrangevano sulla spiaggia rocciosa alla sua base, il suono che saliva e scendeva con il vento che soffiava dall'acqua.

Aprendo l'unica porta in basso, seguii la scala a chiocciola del faro fino in cima. Il piano superiore ospitava un'enorme stanza circolare con una piccola camera da letto sul retro. Lungo le pareti della scala, esistevano vari scomparti nascosti dove i cimeli di famiglia erano stati conservati per secoli.

Questo faro era stato costruito quando i Wicked e i Good si erano trasferiti a Charm Cove, nel Maine, da Salem, Massachusetts. Per essere precisi sulla storia, quando le famiglie si trasferirono qui, la città si chiamava North Salem. Solo più tardi, durante l'isteria dei Processi alle Streghe di Salem, la città fu incorporata come Charm Cove. Le famiglie fondatrici non volevano alcun collegamento casuale con Salem.

All'inizio, i primi custodi del faro erano il frutto del primo matrimonio tra un Wicked e una Good. Ma poi, l'inferno si scatenò quando l'uomo ebbe una relazione extraconiugale. La leggenda narra che la coppia ebbe un litigio epico, che provocò un incendio nella foresta vicina e ferì gravemente entrambi.

La faida familiare portò la famiglia Good a dichiarare che il faro apparteneva a loro. Nel corso dei tre secoli successivi, cambiò proprietà diverse volte tra le famiglie. I Wicked e i Good erano giunti a una specie di tregua circa due secoli fa, o così si diceva. Ora il faro era tenuto in un fondo fiduciario gestito congiuntamente da entrambe le famiglie.

Nathan Good, cugino di Liam, era attualmente il custode del faro. La mia lunga dissertazione serviva a chiarire che questo faro conteneva alcuni secoli di magia di due potenti famiglie di streghe. Il faro stesso funzionava con la magia. Solo gli spiriti antichi sapevano esattamente cosa fosse contenuto qui, quindi sarebbe stato difficile sapere cosa mancasse. Mentre raggiungevo la cima delle scale, i miei occhi notarono una piccola porta, non più grande della mia mano, forzata nella tromba delle scale.

Guardando attraverso il legno scheggiato della piccola porta antica, non vidi altro che uno spazio vuoto scavato nel granito. Supposi che qualcosa fosse stato rubato da lì. Raggiungendo la cima delle scale, attraversai la porta ed entrai nella sala principale del faro.

Una piccola folla mi accolse. I miei genitori erano lì, insieme a zia Lea, zio Jacob, zia Penelope, Opal Good, mia cugina Emma, Liam e i suoi cinque fratelli e genitori, Nathan, le mie cugine gemelle Celia e Delia, e così via. Era raro trovare tutti i membri delle famiglie Wicked e Good in un unico spazio.

Anche in questa stanza così ampia, la riempivamo completamente. Qualcuno aveva pensato bene di allineare file di sedie pieghevoli in legno in tutta la stanza circolare. Salutando e accogliendo le persone mentre mi facevo strada tra le sedie sparse, mi diressi verso le finestre che si affacciavano sulla costa. Mi fermai un attimo ad ammirare la vista mozzafiato dell'oceano.

Con il faro che si ergeva alto sulle coste battute dal vento del Maine, l'Oceano Atlantico si estendeva fino al bordo dell'orizzonte. Il cielo era grigio oggi, l'oceano di una tonalità più profonda di grigio con la sua superficie increspata dal vento che soffiava su di esso. Dopo un respiro profondo, mi girai, pronta ad affrontare questo raduno improvvisato e capire perché così tante case magiche erano state violate la notte scorsa.

«Solo una buona strega sa chi ha fatto questo», dichiarò Opal, scostando un capello invisibile dai suoi occhi.

Zia Lea sospirò drammaticamente, sollevando la mano e facendo tintinnare i suoi braccialetti d'argento. Con un movimento del polso, sospirò di nuovo. «È assolutamente ridicolo. Sento già dire che avremmo dovuto sapere che qualcosa del genere sarebbe successo un giorno con tutti gli oggetti magici di valore che abbiamo tra noi. Questo anche da persone che non hanno idea di quanto potere possiedono».

Mia madre si sporse da alcune sedie dietro zia Lea. «Non facciamone più di quello che è. Non ancora. Potrebbe trattarsi solo di piccoli furti».

Zia Penelope girò sulla sua sedia e alzò gli occhi al cielo. «Non c'è modo di saperlo. Ma sembra terribilmente sospetto che siano state prese di mira solo le nostre case e le nostre attività. Nessun altro in città ha subito un'effrazione».

Scrutando la stanza, cercai di decidere dove sedermi. Gli occhi di Liam Good incrociarono i miei, indicandomi il posto accanto a lui. Anche se sapevo perfettamente che molte persone avrebbero notato se mi fossi seduta accanto a Liam, scelsi di farlo comunque. Era una voce di sanità mentale in una stanza piena di persone inclini al dramma.

Scivolando nella sedia accanto a lui, guardai di lato. «Cosa mi sono persa?»

Sorrise leggermente, i suoi occhi blu che si raggrinzivano agli angoli. «Non molto. Opal è pronta a sfidare il mondo. Nel frattempo, tua zia Lea sta praticamente sputando fuoco».

Ridacchiai piano, mantenendo bassa la voce con la mia risposta. «Certo, sono arrabbiate. Anch'io lo sono. Abbiamo saputo di altre effrazioni oltre all'ultimo conteggio?»

«Non credo. Ci sono i tuoi genitori, la casa di Opal, il tuo negozio, The Ink Spot, e poi qui al faro».

«Come ha fatto qualcuno a entrare qui?» Dato che il faro aveva uno scopo pratico necessario, le telecamere monitoravano l'esterno dell'edificio. «Nathan era nei paraggi quando è successo?»

Liam scosse la testa. «È successo la notte scorsa. La sua casa è dall'altra parte della strada».

Opal si avvicinò alla parte anteriore della stanza, battendo le mani e attirando tutti gli sguardi su di sé. Come al solito, portava i capelli tirati indietro in uno chignon stretto, e i suoi occhiali si inclinavano agli angoli, dandole un aspetto quasi felino. Alta e snella, si portava con un'aria di autorità.

«Non tutti sono potuti venire, ma ho pensato che questo fosse il modo migliore per capire esattamente cosa manca e se gli oggetti rubati contenevano magia», annunciò.

Zia Lea alzò la mano. Opal le diede la parola come se fossimo in una classe. Liam sbuffò al mio fianco, e io lo spinsi col gomito. «Non osare farmi ridere», sussurrai.

Colsi il bagliore malizioso nei suoi occhi quando guardai di lato. Oh, cielo. Stavo cercando di essere razionale riguardo al mio destino, al mio fato e a tutte quelle sciocchezze, ma stava diventando sempre più difficile. Liam e io stavamo decisamente uscendo insieme ora, e non ci nascondevamo più. Eppure ogni volta che pensavo al destino da cui avevo cercato di fuggire, sospiravo interiormente. Era un po' pesante pensare che fossimo destinati a stare insieme per mantenere la pace tra i Wicked e i Good.

Mentre osservavo le nostre famiglie stravaganti e selvagge, dovetti mordermi l'interno delle guance per non scoppiare a ridere. La quantità di amore e potere qui dentro era un po' travolgente. Avevo perso il filo di ciò che si stava discutendo e forzai la mia attenzione lontano da Liam.

«Invece di fare questa discussione in pubblico, penso che coloro che hanno subito le effrazioni dovrebbero fare un elenco e nominare una persona di ciascuna famiglia per discuterne», stava dicendo zia Lea. «In questo modo, non ci saranno troppe informazioni in giro».

Alcuni mormorarono in risposta, ma alla fine tutti annuivano. Nathan arrivò nel bel mezzo di questo con la pizza per tutti. Mi ritrovai con una scatola di pizza in grembo, Liam al mio fianco e le mie giovani cugine gemelle, Delia e Celia, sedute con noi che ridacchiavano. Avendo in gran parte rilevato Niente Incantesimi da zia Lea, passavo molto tempo con le gemelle di questi tempi perché erano le mie dipendenti principali.

Le adoravo. Avevano quell'effetto su tutti. Dovevo proteggermi dal loro fascino perché erano sempre impegnate in qualche tipo di marachella.

Zia Penelope trascinò la sua sedia, scivolando accanto a me. «Allora cosa è stato rubato dal negozio?» chiese.

«Pensavo che avessimo già concordato di metterlo per iscritto? I miei genitori, Opal e Theo se ne occupano, giusto?»

Penelope inarcò un sopracciglio, alzando gli occhi al cielo. «Certo, come se loro riuscissero a risolvere questa faccenda. È un pasticcio intricato. Vedrò se posso fare una meditazione stasera e guardare nel futuro».

Liam si schiarì la gola, e sapevo che stava cercando di mascherare una risata. «A cosa serve guardare nel futuro? Tutte le effrazioni sono avvenute ieri sera», fece notare.

Zia Penelope era meravigliosa, amorevole e una gioia da avere intorno. Era anche una strega potente, ma si era davvero appassionata allo stile di vita dell'amore libero e delle droghe negli anni sessanta e settanta. Da quello che avevo sentito, aveva preso praticamente tutto ciò che poteva, e di conseguenza, ciò aveva influenzato i suoi poteri. Erano un po' sbilanciati e stravaganti.

Quando eri una strega o uno stregone, nascevi con i tuoi poteri, ma si sviluppavano man mano che invecchiavi e imparavi ad affinarli. L'adolescenza e la prima età adulta erano semplicemente pazzesche per streghe e stregoni. Con gli ormoni dappertutto, a volte eri più potente di quanto pensassi, a volte meno. Durante quel periodo opportuno per l'affinamento del potere, zia Penelope era occupata a drogarsi e a divertirsi. Aveva il potere di vedere nel futuro, e a volte le sue visioni erano accurate, ma a volte no.

Penelope guardò Liam, alzando gli occhi al cielo. «Avevo intenzione di guardare nel futuro e vedere chi è stato ritenuto responsabile. È così che saprei chi l'ha fatto ora».

Mantenendo un'espressione completamente sobria, annuii. «Sembra una buona idea».

Liam si schiarì di nuovo la gola e prese un morso di pizza.

Non molto più tardi, mentre la nostra riunione si scioglieva, Liam scese con me lungo la scala a chiocciola. Con un occhiolino quando si fermò accanto alla mia macchina, mi chiese: «A casa mia o a casa tua?»

Comodamente o meno, a seconda di come la guardavo, Liam affittava un posto nella proprietà della mia famiglia. Viveva a poca distanza dalla mia casa di servizio, rendendo facile per noi vederci.

«Che ne dici di casa mia? Non ho avuto la possibilità di controllare Ghost da quando ho chiuso il negozio questo pomeriggio. Sarà affamato».

«Suona bene. Ci vediamo tra poco».

«Voglio controllare una cosa con mia madre prima di andare. Entra pure se non sono ancora lì».

Salì in macchina e se ne andò. Mi girai, scrutando l'area per vedere se mia madre fosse già uscita dal faro. Uscì con mio padre proprio mentre guardavo.

Attraversando di nuovo la strada, li raggiunsi vicino alla loro auto. «Quindi cosa è stato rubato da casa vostra?» chiesi tranquillamente.

Mio padre e mia madre, Gabriel e Camille Wicked, erano adorabili insieme. Mia madre era molto bella con i capelli argentati striati di nero e occhi verde brillante. Avevo ereditato i suoi colori anche se ero abbastanza sicura che non sarei mai stata elegante come lei. Aggiustò il suo leggero scialle di lana rossa. Inclinando la testa da un lato, infilò la mano nel gomito di mio padre. Mio padre sembrava uscito dalle pagine della storia. Aveva maestosi capelli argentati e occhi azzurro brillante. Sebbene il suo viso fosse segnato dal tempo, si portava con eleganza. Guardò mia madre e poi di nuovo me.

Prima che avesse la possibilità di parlare, mia madre intervenne: «Beh, ci hanno rubato due delle nostre vecchie bacchette di famiglia e un vecchio libro di incantesimi. E se puoi crederci, hanno rubato tutto il mio lotto di conserve di fragole dell'estate. Hanno rubato anche il mio liquore ai lamponi. Avevo fatto due casse da regalare durante le festività. So che manca un po', ma non potrò farne altri perché la stagione dei frutti di bosco è finita. Non posso crederci», disse con uno sbuffo.

Le bacchette che ha menzionato erano preziose e potenti, così come il libro degli incantesimi. Nessuno nella mia famiglia possedeva questi oggetti a scopo decorativo, come era il caso per gli altri presi di mira. Il furto delle sue conserve e del liquore mi fece chiedere se fosse qualcuno che la conosceva o, almeno, conosceva le sue incredibili conserve e liquori. Era leggendaria per la magia che poteva fare con la frutta.

Una folata di vento soffiò dall'oceano, facendo turbinare i miei capelli. Mia madre rabbrividì, e mio padre le mise un braccio intorno alle spalle, tirandola vicino.

«Vai prima che faccia più freddo. Inizierò a chiedere in giro. Tutti vengono nel negozio prima o poi, quindi sarò in ascolto. Domani, andrò anche a Enchanted Spirits. Niente di meglio di qualche drink per sciogliere la lingua alla gente».

Guidando verso casa, contemplai le potenziali implicazioni dei furti. La domanda non era semplicemente chi ma anche perché. Speravo che una volta ordinati i vari oggetti mancanti, avremmo ottenuto alcune risposte.

Arrivando a casa alla dependance, attraversai la porta d'ingresso, pienamente preparata per il solito saluto dal mio gatto, Ghost. Immancabilmente, sentii un leggero fruscio mentre saltava da uno scaffale alto sulla parete, rimbalzava sulla mia spalla e poi atterrava sul pavimento. Girandosi per guardarmi, agitò la coda avanti e indietro sul pavimento in legno lucido e invecchiato. Chinandomi, accarezzai con le dita la parte superiore della sua testa, sorridendo quando il suo fuso ronzò attraverso il suo petto e vibrò contro i miei polpastrelli.

«Ehi, Ghost. Come va, amico?» offrii come saluto.

La sua unica risposta fu di continuare a fare le fusa. Con un'ultima strofinata del suo mento contro le mie dita, si precipitò nell'angolo, saltando sul davanzale della finestra dove c'era la sua ciotola del cibo.

Lasciando cadere le chiavi sul tavolo vicino alla porta e mettendo la borsa sul bancone, girai intorno all'isola in cucina e aprii il mobile dove tenevo il suo cibo. Avevo iniziato a viziare Ghost ora che ero stata qui per alcuni mesi. Aveva una scorta regolare di cibo secco, ma gli davo cibo in scatola ogni mattina e sera.

Dopo aver messo del cibo fresco nella sua ciotola, uscii sul portico posteriore, guardando il cielo notturno. Prima della sua ristrutturazione, questa vecchia dependance era stata una vera rimessa per carrozze. A una leggera distanza dalla casa principale dove vivevano i miei genitori, era situata sulla proprietà di famiglia che si trovava su un promontorio sopra l'Oceano Atlantico. Da qui sul portico, potevo sentire le onde che si infrangevano sulla riva, il suono ritmico che mi calmava. Le stelle erano appuntate come diamanti nel cielo con la luna che sorgeva da un lato e proiettava un sentiero scintillante sulla superficie dell'oceano.

Al suono di passi attraverso l'erba, guardai oltre, riconoscendo immediatamente la forma di Liam nell'oscurità. Il mio polso fece un piccolo balzo.

CAPITOLO TRE

La mattina seguente, mi ritrovai a fissare Ghost negli occhi. Sebbene Ghost fosse qui tutti i giorni e tutte le notti, non potevo dire che fosse veramente il mio gatto perché, a dire il vero, Ghost non sembrava appartenere a nessuno. Di certo non rispondeva a nessuno. Ero abbastanza convinta che fosse lui a possedere me. Insomma, per l'amor del cielo, stavo persino considerando di installare una porticina per gatti sul retro del portico. Al momento, era seduto sul bancone della cucina con lo sguardo fisso su di me.

Ghost era un gatto bianco assolutamente splendido - il suo pelo così bianco che quasi brillava. Per qualche scherzo del destino o della magia, il suo pelo lungo e lussureggiante non si aggrovigliava né si sporcava mai, nonostante corresse libero all'aperto giorno dopo giorno.

«Ghost, ne abbiamo già parlato», dissi, raccogliendo il tono più fermo possibile per parlare a un gatto. Gli occhi verdi di Ghost sostenevano i miei. «Non puoi stare sul bancone della cucina quando sto cercando di cucinare».

Questo era il mio compromesso. Avevo rinunciato a tenerlo lontano dal bancone della cucina in ogni momento, ma volevo poter cucinare in pace. Ghost aveva altre idee. Gli piaceva sedersi vicino ai fornelli e osservare le fiamme del gas sotto i bruciatori. In risposta al mio richiamo, agitò semplicemente la coda e tornò a rivolgere la sua attenzione al fornello attualmente in uso. Sospirai e alzai le spalle.

Sospettavo che Ghost sapesse di avere diversi di noi ai suoi ordini. Trascorreva più tempo con me, ma passava anche del tempo a casa di Liam e ogni tanto girovagava verso la casa dei miei genitori. Tutti tenevano una scorta di cibo per lui, insieme a dei bocconcini. Per quanto ne sapevo, Ghost poteva essere un potente stregone intrappolato nel corpo di un gatto.

Dopo il mio fallito tentativo di disciplinare Ghost, una totale perdita di tempo se volevo essere onesta con me stessa, spensi il fornello quando l'acqua bollì e mi girai per riempire la mia tazza con un caffè espresso e dell'acqua calda.

Al suono di un bussare alla porta, gridai: «Avanti!»

Mia cugina Emma entrò. «Ehi, non mi aspettavo di vederti stamattina».

Mi mostrò un sorriso. «Ho finito il caffè», disse, togliendosi il giubbotto per appenderlo all'attaccapanni vicino alla porta prima di attraversare il soggiorno per sedersi di fronte a me al bancone. I suoi capelli scuri erano raccolti in una coda di cavallo e i suoi occhi blu erano luminosi.

«Aspetta, stavo proprio preparandomi una tazza. Ne prendo una anche per te».

Mentre allungavo la mano per prendere un'altra tazza dall'armadietto della cucina, parlai: «Allora, cosa ne pensi della gigantesca riunione di famiglia di ieri sera?»

Emma ridacchiò. «Sai che è stata un'idea di Opal. Adora essere al comando».

Preparando velocemente un altro espresso, lo versai nella sua tazza e gliela passai sul bancone. «Serviti pure per l'acqua e la panna», dissi, indicando il bollitore e la confezione di panna che erano sul bancone mentre mi sedevo di fronte a lei.

Aggiunse rapidamente un po' d'acqua e un goccio di panna. Dopo un sorso di caffè, guardai Emma. «Opal adora dare ordini ai gruppi di persone. Giuro, avrebbe dovuto fare il banditore d'asta o qualcosa del genere».

Emma scoppiò a ridere. «Oh, mio Dio! Sarebbe stato il lavoro perfetto per lei. Forse dovrebbe aprire una casa d'aste e vendere oggetti d'antiquariato».

Ridendo insieme a Emma, rinunciai alla mia silenziosa battaglia di volontà con Ghost quando saltò sul bancone per salutare Emma. Lei gli accarezzò distrattamente il mento mentre faceva le fusa a tutto spiano. Guardando da Ghost a me con un sorriso ironico, chiese: «È lui che gestisce questa casa, vero?»

«Ghost non gestisce solo casa mia. Gestisce anche quella di Liam e dei miei genitori. Tutti abbiamo cibo e i suoi snack preferiti per lui. Non sembra importargli che lo vizi fino all'inverosimile, mi salta comunque in testa ogni volta che entro dalla porta principale».

Emma ridacchiò, grattando il mento di Ghost mentre il suo brontolio risuonava. «A proposito di Liam, come vanno le cose?»

Con il peso di qualche secolo di aspettative familiari sul mio *destino* di sposare Liam, non parlavo molto di lui tranne che con Emma e la mia amica Zoe. Chiunque altro vicino a me nella mia famiglia aveva un'opinione ben consolidata che Liam e io dovessimo darci una mossa. Mentre ero felice di essere tornata a casa e contenta di rivederlo, la pressione mi irritava. Incontrando il suo sguardo blu chiaro, alzai le spalle. «Le cose vanno bene».

«Dai, devi dirmi qualcosa di più. Ho visto la sua macchina qui ieri sera mentre tornavo a casa», protestò Emma.

«Va bene, d'accordo. Le cose potrebbero andare meglio che bene». Feci un altro sorso di caffè, tamburellando con le dita sul bancone. «In realtà vanno davvero bene. Sembra che siamo sulla buona strada per tornare dove eravamo prima. Solo che ora siamo entrambi un po' più grandi e saggi. Il fatto è che portare le cose al livello successivo mi stressa per qualche motivo».

Lo sguardo scherzoso di Emma si fece serio. «Che vuoi dire?»

«Prova tu ad avere tutta la tua famiglia più la sua che pensa che siamo destinati a stare insieme. Non è così facile. Voglio dire, e se facessimo il prossimo passo e ci sposassimo, e poi le cose non andassero così a gonfie vele?»

Emma alzò gli occhi al cielo. «Non è che non capisco. È sicuramente una pressione. Se non l'hai già sentito, hanno tutti concordato di non parlarvene».

«Dici sul serio?» chiesi, quasi sputando il sorso di caffè che avevo appena preso.

Emma sorrise e annuì lentamente, prendendo un sorso del suo caffè. «Certo che sì. Non hanno detto niente a me, ma ho sentito mia madre parlarne con tua madre e Opal. Opal ha promesso di parlare con la madre di Liam. Hanno detto che non volevano intromettersi accidentalmente facendovi pressione».

Alzando gli occhi al cielo, scossi la testa. «Certo, come se potessero cancellare anni di pressioni». Facendo una pausa, pensai a Liam per un momento - i suoi capelli neri come la pece, i suoi occhi azzurri come il ghiaccio, e il modo in cui la mia pancia faceva capriole ogni volta che il suo sguardo si faceva intenso.

Non era che non amassi Liam. Mi ero innamorata così perdutamente di lui quando ero più giovane che mi ero fatta prendere da una scenata di gelosia che aveva portato a una catena di eventi culminata in un edificio che aveva preso fuoco. Ancora oggi, elevavo una preghiera di ringraziamento alle streghe, agli stregoni, alle dee e agli dei, o forse al destino che era intervenuto e aveva assicurato che l'edificio che avevo accidentalmente incendiato con un incantesimo d'ira fosse vuoto.

Il mio stomaco brontolò proprio in quel momento. «Vuoi andare in città a prendere qualcosa per colazione?» chiesi.

«Per quanto mi piacerebbe, devo andare al lavoro», disse Emma. Emma aiutava nella società di gestione immobiliare di mia madre.

«Capisco. In realtà non ho davvero tempo di fare altro che prendere qualcosa da portar via. Ho un thermos extra per il tuo caffè se vuoi portarlo con te», offrii.

«Sarebbe perfetto», disse Emma mentre prendevo due thermos dal mobile e poi rabboccavo i nostri caffè.

Uscimmo insieme, e una raffica di vento soffiò le foglie attraverso il giardino. Salutando Emma con la mano, salii nella mia piccola utilitaria e mi diressi in città. L'autunno a Charm Cove era bellissimo e affascinante. La strada dalla mia dependance verso la città costeggiava la costa. Da un lato, l'Oceano Atlantico si estendeva a perdita d'occhio. La costa rocciosa del Maine era stupenda contro il cielo azzurro brillante. Dall'altro lato, un mix di case storiche e alberi autunnali offriva un caleidoscopio di colori sullo sfondo - arancione intenso, viola profondo e giallo che ondeggiavano nella brezza.

Il traffico nelle strette strade del centro di Charm Cove mi rallentò quando arrivai nella parte centrale della città. Turisti che passavano per guardare le foglie e fermarsi a fare shopping affollavano ogni piccola città lungo la costa del Maine in questo periodo dell'anno. Dopo aver parcheggiato, girai intorno al negozio per attraversare la strada e prendere qualche dolcetto dalla panetteria Magic Beans. Ero a posto con il caffè, ma avevo bisogno di un po' di sostentamento per affrontare la mattinata.

Magic Beans era pieno di turisti e di gente del posto. Mentre aspettavo in fila, salutai alcuni amici e conoscenti e mi chiesi se avessi rischiato di arrivare un po' troppo tardi per aprire il negozio in orario. Non che dovessi rendere conto a qualcuno oltre che a me stessa, ma preferivo aprire puntualmente.

Quando arrivai in testa alla fila, Sarah Glen, una delle clienti abituali che si occupava del bancone, mi guardò con un sorriso. «Buongiorno, Moira. Caffè?» chiese.

«No grazie, me ne sono occupata a casa. Prenderò uno scone ai mirtilli e un rotolo salato al prosciutto e formaggio. Riscaldati, per favore».

Sarah annuì, battendo velocemente lo scontrino. Prima che mi allontanassi, si sporse verso di me e abbassò la voce. «Non so se l'hai sentito, ma qualcuno ha fatto nuovamente irruzione a The Ink Spot ieri notte».

La guardai, inarcando un sopracciglio. «Dici sul serio?»

Annuì vigorosamente. «Sì. Hanno già chiamato la polizia. Non sembra che abbiano rubato nulla, ma hanno esaminato un mucchio dei loro registri nel retro. Conservano i registri di tutto ciò che hanno stampato da quando il posto ha aperto. Sai, tipo più di trecento anni fa».

Chiunque si trovasse dietro di me in fila si schiarì la gola. Sarah si raddrizzò, lanciandomi un ultimo sguardo significativo. Non sapevo cosa pensasse che avrei fatto, ma di sicuro avrei fatto qualche domanda in giro.

Non appena i miei prodotti da forno furono pronti, mi affrettai verso Persnickety Potions & Gifts.

———

Più tardi quel pomeriggio, stavo aiutando un cliente a fare una scelta dalla nostra varietà di gioielli artistici. Questa cliente stava cercando un braccialetto con ciondoli per sua figlia. I nostri braccialetti con ciondoli provenivano da un gioielliere della zona di Portland. Questo particolare gioielliere era diventato molto noto, in gran parte grazie al nostro negozio. Non sapeva che noi impregnavamo di vera magia ogni braccialetto con ciondoli che realizzava dopo che arrivava nel nostro negozio.

Il mio braccialetto con ciondoli, che avevo rispolverato dopo averlo nascosto per alcuni anni, tintinnò delicatamente mentre sollevavo un braccialetto dalla vetrina per mostrarlo alla donna.

«Oh, mio Dio, credo che questo sia perfetto». Il braccialetto in questione aveva una serie di piccoli ciondoli d'argento che erano minuscole repliche di libri. «Mia figlia adora leggere, quindi questo è semplicemente perfetto. È come se fosse stato fatto apposta per lei», aggiunse.

«Eccellente allora. Desidera che lo incartiamo?» chiesi.

Al suo cenno affermativo, mi allontanai con cautela, tenendo il braccialetto in mano. Andai dietro il bancone e chiamai le gemelle. «Ragazze, abbiamo bisogno di incartare un braccialetto».

Delia infilò la testa attraverso la tenda di perline dal retro. «Me ne occupo io», disse.

Consegnando il braccialetto a Delia, tornai a servire la signora. Mentre lo facevo, sentii un formicolio corrermi lungo la schiena e poi un'insolita esplosione di colore lampeggiò nell'angolo posteriore del negozio. Rapidamente girai intorno al bancone, dirigendomi a passo svelto verso l'angolo per indagare. Alcuni clienti erano lì, tutti con gli occhi spalancati e con la confusione stampata sui volti. Uno di loro teneva in mano una bacchetta. Le bacchette "magiche" che vendevamo erano per lo più destinate a essere niente più che giocattoli. Eppure questa bacchetta era piegata in una forma strana. Francamente, se una bacchetta potesse ubriacarsi, questa lo era.

«Oh, mio Dio», dissi, cercando di mantenere un tono calmo e preoccupato allo stesso tempo. «Che cosa è successo?»

La signora con la bacchetta dall'aspetto ubriaco in mano la sollevò. L'estremità appuntita si era divisa in due. «Ho solo fatto il gesto di prenderla, e poi ha emesso scintille rosa», spiegò. «Ho sentito dire che questo negozio è speciale, e ci sono quelle sciocche voci sulle pozioni d'amore che vendete. Ma cos'è questo? Ha una batteria all'interno?»

Presi con cautela la bacchetta da lei, comportandomi come se nulla fosse andato storto. «Alcune di esse hanno batterie. Questa dev'essere una di quelle», dissi allegramente. «Mi dispiace tanto per l'accaduto».

Mentre parlavo, aggiustai le mani, lanciando rapidamente un incantesimo di eliminazione in direzione di tutto ciò che si trovava in questo angolo del negozio. Se questa bacchetta era stata impregnata di magia, dovevo assicurarmi che qualsiasi altra cosa nell'area avesse la sua magia rimossa, e l'incantesimo di eliminazione avrebbe fatto il trucco. Non sapevo cosa fosse andato storto, ma qualcosa era successo. Celia corse in mio soccorso, distraendo rapidamente le donne con una nuova selezione di gioielli.

Con tutti efficacemente distratti, mi affrettai nel retro con la bacchetta ubriaca in mano. Si era divisa al centro, e ogni lato si era arricciato selvaggiamente. Potevo facilmente supporre che Celia e Delia avessero fatto qualche scherzo, ma il mio istinto mi diceva che non era così.

Con uno sguardo agli occhi spalancati e sorpresi di Celia quando si avvicinò, sapevo che la mia intuizione era corretta. Quando facevano qualcosa di monello, non riuscivano a smettere di ridacchiare, ma in questo momento entrambe sembravano sorprese e leggermente spaventate. Mentre Celia aveva mantenuto la calma quando era venuta in negozio, potevo dire che era stata preoccupata. Con tutti i furti e la gigantesca riunione multi-familiare dell'altra sera, anche loro erano ansiose e preoccupate.

CAPITOLO QUATTRO

Dopo la chiusura del negozio quella sera, salutai Celia e Delia quando una loro amica passò a prenderle. Chiusi a chiave la porta dietro di loro e mi assicurai che anche il retro fosse ben chiuso prima di chiamare Liam.

Rispose al primo squillo. «Ehi, che succede?»

«Sei ancora al lavoro?»

«Sto giusto finendo. Perché chiedi? Pensavo che avessimo già in programma di vederci più tardi all'Enchanted.»

Enchanted Spirits era un locale dove spesso ci fermavamo per bere qualcosa e incontrare amici. Liam lavorava nell'attività di famiglia. Aveva preso in gestione una delle loro filiali d'investimento a Boston per alcuni anni, ma ora la gestiva principalmente a distanza da qui. Aiutava anche a gestire i conti del negozio di magia della famiglia, che vendeva principalmente prodotti per la salute e la bellezza. Beauty Bewitched era gestito dalla sua zia Opal.

«Ecco,» dissi, mantenendo la voce bassa anche se non c'era nessuno intorno. «Quando stamattina ero da Magic Beans, Sarah mi ha detto che The Ink Spot è stato di nuovo scassinato la scorsa notte, e qualcuno stava cercando tra le loro vecchie stampe di molto tempo fa.»

«Ha saputo altro?»

«No, ma i Bishop avevano già fatto denuncia alla polizia. Quindi c'è questo, e poi una delle nostre bacchette ha avuto un'esplosione rosa oggi.»

«È stata una delle gemelle?» chiese Liam, andando dritto alla domanda ovvia.

«Sono abbastanza sicura che non siano state loro. Non riescono a smettere di ridacchiare quando combinano qualcosa, e sembravano entrambe spaventate. Hanno anche giurato che non hanno fatto niente, e di solito ammettono sempre quando combinano qualcosa. La bacchetta si è spaccata proprio a metà. Giuro, sembra ubriaca. Speravo che potessi passare dal negozio prima che io parta per vedere se puoi ripararla.»

«Certo. Dammi dieci minuti. Perché non faccio incontrare anche Jacob con noi lì?»

Suo zio Jacob poteva percepire gli incantesimi. «Certo. Se può incontrarci qui, più siamo meglio è.»

Come promesso, entro dieci minuti, Liam stava bussando alla porta sul retro del negozio. Aprendo la porta, gli feci cenno di entrare, aspettando quando vidi Jacob che camminava dietro di lui attraverso il parcheggio. Una volta che furono entrambi dentro, chiusi a chiave la porta e li portai immediatamente al tavolo di lavoro sul retro dove avevo lasciato la bacchetta rotta. Liam iniziò a prenderla, ma Jacob scosse la testa.

«Lascia che la tenga prima io, Liam,» disse, con un tono basso e autorevole.

Liam e io rimanemmo in silenzio mentre Jacob teneva la bacchetta nelle sue mani. «Dove è successo?» chiese.

«Di fronte, vicino a una delle vetrine. Venite, vi mostro.»

Accompagnandoli nella parte commerciale del negozio, fui contenta di aver spento le luci nella parte anteriore. Avevamo appena abbastanza luce dalle vetrine per vedere. Stava sicuramente succedendo qualcosa nel centro di Charm Cove, ma non volevo che qualcuno guardasse attraverso le nostre vetrine e vedesse cosa stavamo facendo.

Quando raggiungemmo l'angolo, Jacob si fermò immobile e chiuse gli occhi. Dopo un momento, li aprì. «Un incantesimo è stato lanciato su questa, certo, ma non è una strega o un mago che riconosco.»

Gli occhi di Liam incontrarono i miei, allargandosi leggermente, prima che lui guardasse Jacob. «Beh, se non è qualcuno che conosci, cosa puoi dirci?»

«È sicuramente un uomo. Questo è tutto quello che posso dirvi. Posso fare qualche ricerca per vedere se riesco a collegare l'incantesimo a qualcuno nelle nostre storie. Avrò bisogno di portare la bacchetta con me nella biblioteca di famiglia.»

«Andiamo sul retro,» dissi tranquillamente quando vidi alcuni turisti che sbirciavano attraverso le vetrine.

Una volta che fummo di nuovo al sicuro, lontani da sguardi indiscreti, Jacob consegnò la bacchetta a Liam. Liam aveva il raro potere di riportare gli oggetti magici al loro stato originale. La bacchetta si era spaccata quasi fino alla base con ogni lato arricciato a spirale. Liam chiuse gli occhi mentre teneva la bacchetta dall'estremità. L'aria intorno a noi iniziò a ronzare, diventando di una tonalità blu-viola. Dopo un momento, osservammo mentre la bacchetta si raddrizzava nelle sue mani, il legno si rilegava da solo.

Liam aprì gli occhi e la restituì a Jacob. Jacob era tecnicamente uno zio per ciascuno di noi. Ma per evitare che pensiate che ci fosse una relazione di sangue tra noi, non c'era. Le nostre famiglie allargate avevano un matrimonio ogni generazione. Eppure quando l'incantesimo lanciato per questo fu originato, entrambe le famiglie erano enormi con molti rami sugli alberi. Mentre Liam chiamava Jacob suo zio, era uno zio circa quattro volte rimosso. La mia zia Lea aveva sposato Jacob, quindi per me, il matrimonio ci collegava. Dettagliati alberi genealogici delineavano le famiglie contorte, i nostri legami e i rispettivi poteri detenuti dai diversi membri della famiglia.

Jacob chinò la testa verso Liam e infilò con attenzione la bacchetta nella tasca interna della sua giacca.

«Hai sentito qualcosa?» chiese Liam, riferendosi ai molteplici furti con scasso.

Jacob rimase in silenzio e poi annuì, appena percettibilmente. «Stiamo cercando di mettere insieme i pezzi. Ho messo tua madre e Opal a lavorare sulla tracciatura della storia di ogni oggetto rubato. Dobbiamo rintracciare la provenienza fino all'origine. Incluso chi ha reso magici gli oggetti per primo, perché, quando e con quale incantesimo. Ci vorrà un po' di tempo.»

«Sarah di Magic Beans mi ha detto che The Ink Spot è stato scassinato di nuovo, ma non sapeva se fosse stato preso qualcosa. Hai sentito qualcosa a proposito?» chiesi.

«Sì. Ho parlato con Albert prima. Era chiaro che nulla è stato effettivamente rubato, ma qualcuno ha passato molto tempo a scavare tra le loro vecchie stampe di centinaia di anni fa. Beh, non dovrei dire che è sicuro che nulla sia stato rubato. Nessun oggetto è stato preso. Ci vorrà un po' di tempo per capire se qualcuna delle loro vecchie stampe di notizie sia stata rubata. Hanno ancora ogni stampa in archivio risalente all'inizio dell'attività. Considerando che sono in attività dalla fine del 1600, hanno molto da esaminare,» spiegò Jacob.

The Ink Spot era stato fondato quando le nostre famiglie arrivarono per la prima volta nel Maine. I Wicked e i Good arrivarono per primi, e diverse altre famiglie, inclusi i Bishop, seguirono. All'epoca, The Ink Spot aveva orgogliosamente diffuso notizie sull'isteria puritana riguardo alle streghe nel Massachusetts. Era l'unica attività in città che si trovava ancora nel suo edificio originale costruito esclusivamente per il suo attuale scopo di tipografia.

L'area di stampa originale era ora un piccolo museo, che esponeva i vecchi macchinari, ma la tipografia era ancora in attività. La parte più moderna era stata aggiunta sul retro dell'edificio.

Jacob mi guardò. «Lo porterò a casa con me e vedrò se riesco a scoprire questo incantesimo,» disse, toccando il suo blazer. Come mio padre, Jacob tendeva a sembrare come se fosse uscito dalle pagine di un libro di storia, vestito con pantaloni e blazer con un'aria all'antica.

Quando ero una bambina, ero convinta che lui e mio padre avessero dei blazer magici. Avevano sempre cose nelle tasche interne. Jacob e zia Lea erano il matrimonio predestinato dell'ultima generazione tra un Wicked e un Good. La loro casa fungeva da spazio di archiviazione e luogo di protezione per entrambe le nostre famiglie. Avevano anche un'enorme biblioteca contenente libri su libri con le storie conservate delle famiglie di streghe.

In piedi accanto a Liam, osservai Jacob uscire, e poi Liam mi guardò. «Ho decisamente bisogno di un drink. Tu?»

«Fammi solo assicurare che tutto sia chiuso a chiave, e poi andiamo.»

Al suo cenno, mi affrettai a tornare nella parte anteriore, controllando tre volte le serrature e assicurandomi che tutto fosse stato riposto. Lanciai un incantesimo sulla porta d'ingresso, come facevamo ogni notte. Per buona misura e protezione, feci lo stesso all'ingresso posteriore, e poi camminai con Liam attraverso il prato della città verso Enchanted Spirits.

La sua mano scivolò attorno alla mia mentre passeggiavamo lungo le lastre di ardesia che attraversavano il centro del prato. L'aria era frizzante con l'odore di legna che bruciava e balsamo che fluttuava nell'aria mentre passavamo accanto all'enorme abete balsamico nel centro del prato. Feci un respiro profondo, lasciandolo uscire lentamente. Nonostante la mia ansia, mi rilassai leggermente quando Liam avvolse la sua mano attorno alla mia. La sua presa era forte e sicura.

Eravamo entrambi tornati a Charm Cove da diversi mesi ormai e sembravamo finalmente esserci sistemati nella facile camerateria che un tempo condividevamo. Sapevo cosa volevo. Amavo Liam, ma non ero ancora pronta a fare tutto il teatrino del matrimonio. Perché con noi, c'era così tanta pressione legata a causa delle nostre famiglie e di ciò che presumibilmente rappresentavamo. Nei giorni passati - beh, non giorni, secoli per essere precisi - due delle matriarche nelle nostre rispettive famiglie avevano lanciato un incantesimo per durare per l'eternità.

I Wicked e i Good avevano combattuto l'uno contro l'altro per un intero secolo all'indomani di un matrimonio andato male. Per rimediare a questa rottura tra le famiglie e al disordine che aveva causato nel mondo magico, quelle due potenti streghe avevano lanciato un incantesimo che decretava che un Wicked e un Good si sarebbero sposati ogni generazione. Questa unione tra le famiglie ci avrebbe impedito di esplodere ancora e ancora. Per evitare che pensiate che fossimo come famiglie reali e consanguinee, eravamo così numerosi e sparsi che era quasi impossibile. Liam aveva cinque sorelle e fratelli mentre io ne avevo quattro, e questo non toccava nemmeno i molti cugini in entrambe le famiglie. Era quasi ridicolo nel mondo moderno quando la maggior parte delle famiglie ha uno o due figli. Comunque, mi sto perdendo. Diciamo solo che c'era un po' di pressione su Liam e me.

Quando entrammo nell'Enchanted Spirits, il bar era affollato di turisti venuti per ammirare il foliage autunnale e di gente del posto. A un rapido sguardo, non ero nemmeno sicura che potessimo accaparrarci un tavolo.

«Moira, Liam!» chiamò una voce.

Guardandomi intorno, vidi Emma che salutava dall'angolo. Era a un tavolo con Nathan, il cugino di Liam. Con la mano di Liam avvolta attorno alla mia, ci facemmo strada tra i tavoli per raggiungere il tavolo. Nathan scivolò fuori dal suo posto e si spostò sul lato opposto del tavolo accanto a Emma.

Emma sorrise mentre scivolavo nel posto di fronte a lei, i suoi occhi azzurri brillavano. «Ehi, immaginavo che sareste passati di qui.»

Togliendomi la giacca, ricambiai il suo sorriso. «Perché l'hai immaginato?»

«Perché abbiamo tutti bisogno di un drink,» disse schiettamente.

Liam ridacchiò, i suoi occhi che incontravano i miei. «So che io ne ho bisogno.»

La nostra cameriera, Rachel Ouellette, arrivò al tavolo. I membri della famiglia Ouellette condividevano quasi universalmente capelli biondi e occhi azzurri. Rachel corrispondeva al modello e aveva un sorriso pronto che gonfiava le sue guance rotonde mentre ci salutava. Tutti noi ordinammo birre e hamburger.

Dopo che Rachel si affrettò a prendere le nostre bevande e a consegnare l'ordine, Liam guardò Nathan. «Qualche aggiornamento da ieri?»

Nathan scosse la testa. «Niente. Rimarrò nella vecchia camera da letto al piano di sopra nel faro per un po'. Non è comodo come casa mia, ma chiunque sia entrato è venuto durante la notte, quindi immagino che probabilmente non si aspetti che io sia lì.»

«Pensi che entrerebbero di nuovo?» chiesi.

Emma inarcò un sopracciglio. «Beh, hai avuto quella strana cosa magica accadere questo pomeriggio al negozio, e qualcuno è entrato di nuovo a The Ink Spot.»

Santo cielo, le notizie viaggiavano velocemente qui. Anche se ero a casa da un po' ormai, dimenticavo ancora quanto velocemente i pettegolezzi potessero diffondersi in città come un incendio. «Dove hai sentito della cosa al negozio?»

«Opal,» offrì con una scrollata di spalle.

Scossi la testa con un'occhiata al cielo.

«Opal in qualche modo sa tutto,» offrì Liam con un occhiolino.

«Lo so,» risposi, dandogli una leggera gomitata. «Come ha fatto a scoprirlo così in fretta?»

«Beh, sai come va. Bastano pochi minuti perché la voce si diffonda,» controbatté Emma con un sorriso. «A proposito di voci che si diffondono...» Emma appoggiò i gomiti sul tavolo, abbassando la voce. «Ho incontrato Isobel mentre camminavo qui. Sai che è curiosa come poche.»

Isobel Martin *era* curiosa. Isobel parlava anche con tutti. Non aveva assolutamente alcuna comprensione del concetto di tatto. «E?» chiesi, facendo un gesto circolare con la mano.

«Beh, pensa che Sally e Rae abbiano avuto qualcosa a che fare con questo, ma per la vita, non sono riuscita a capire perché,» aggiunse Emma.

Nathan alzò gli occhi al cielo. «Isobel pensa sempre di conoscere lo scoop. Giuro, metà delle volte si inventa le cose solo per essere al centro della storia.»

Liam ridacchiò mentre si appoggiava allo schienale, allungando il braccio sulle mie spalle. «Infatti. Ma parla anche con ogni dannata persona, quindi a volte anticipa le cose.»

«Ha detto perché pensava che Sally e Rae avessero a che fare con questo?» chiesi.

Emma tamburellò con le dita sul tavolo. «Perché le ha viste a fare shopping la notte dei furti. Sono d'accordo con te. Non aveva senso.»

«Esattamente. Insomma, buon Dio, stanno solo affrontando il pasticcio dopo quello che è successo con Alvin. Il povero Daniel ancora non sa nemmeno come affrontarle legalmente. Sono in dannata libertà vigilata per omicidio colposo accidentale.»

Sia Liam che Nathan ridacchiarono. In fin dei conti, era completamente ridicolo. Avevano accidentalmente ucciso Alvin lanciandogli un incantesimo di inciampo per gelosia. Era caduto in una fontana ed era annegato. Dopo che metà della città era stata sospettata, si scoprì che

Alvin non riusciva a tenerlo nei pantaloni e aveva messo le gemelle l'una contro l'altra. L'intera situazione portava l'idea di un triangolo amoroso a nuovi livelli.

«Per quanto ami sentire pettegolezzi da Isobel, scommetto che non regge. Ma questo non significa che non valga la pena indagare. Sally e Rae sono abbastanza strambe,» aggiunsi.

«Beh, una cosa su cui puoi contare con lei è che lo dirà a tutti quindi...» le parole di Liam si persero con una risata. «Sarai costretta a escluderlo comunque.»

«Hai già parlato con Zoe?» chiese Emma.

Prima che avessi la possibilità di rispondere, Rachel arrivò con la nostra brocca di birra e un antipasto di sfogliatine di aragosta. Aspettammo che si allontanasse prima di tuffarci. Dopo alcuni morsi e un sorso della mia birra, incontrai di nuovo lo sguardo di Emma. «No. Probabilmente la vedrò domani. Dovremmo prendere un caffè insieme. Immagino che questo darà a Daniel un po' di tempo per fare qualche ricerca.»

«Daniel sa che Zoe è praticamente la nostra fonte per tutto ciò che sta accadendo con le sue indagini?» chiese Nathan, riferendosi al fatto che la mia amica Zoe era sposata con il capo della polizia di Charm Cove, Daniel.

«Oh, sì,» dissi tra un boccone e l'altro. «Semplicemente smette di dirle cose quando non vuole che lei le dica a nessuno. È una strada a doppio senso, però. Voglio dire, se non fosse stato per noi, potrebbe non aver capito chi ha accidentalmente ucciso Alvin. Sa come giocare su entrambi i fronti.»

«Vero,» aggiunse Liam.

Mentre stavamo mangiando, Amber Ouellette passò accanto al nostro tavolo, fermandosi per salutare. Era ancora un po' risentita che la sua famiglia fosse stata sospettata per qualcosa durante il trambusto per la morte di Alvin. Non era colpa di nessuno, ma erano stati sospettati a causa di tutta la proprietà che possedevano e il ruolo di Alvin nel riorganizzare il territorio per aumentare le tasse. Immaginavo che la famiglia l'avrebbe superata alla fine. Diavolo, essere una Wicked significava accettare che metà della città avrebbe incolpato la mia famiglia per qualsiasi cosa. La vecchia faida tra i Wicked e i Good si era placata due secoli fa, ma era leggendaria, quindi gli abitanti della città ci guardavano ancora con sospetto quando qualcosa andava storto. Avevo imparato a scrollare le spalle, quindi immaginavo che Amber avrebbe dovuto imparare la stessa lezione.

La conversazione andò avanti, e mi permisi di rilassarmi e distendermi, appoggiandomi allo schienale del tavolo e osservando la sala. A volte, desideravo avere uno dei poteri di mia madre. Quando vedeva qualcuno, poteva vederne il passato. Beh, più o meno. Più specificamente, se erano una strega o un mago, poteva vedere se stavano nascondendo qualcosa e poteva tagliare attraverso qualsiasi nebbia che cercavano di usare per coprirlo. Non poteva vedere tutti i dettagli specifici degli eventi recenti, ma era sufficiente per essere d'aiuto. Seduta in un bar affollato pieno di streghe e maghi, non potevo fare a meno di chiedermi chi stesse nascondendo qualcosa, e se avesse qualcosa a che fare con la recente ondata di furti.

Più tardi quella notte, dopo che Liam mi accompagnò a casa, entrò con me mentre contemplavo cosa volevo da lui. Potevo essere testarda. Lo sapevo senza dubbio.

Sapevo che stavo essendo testarda riguardo al nostro destino o, piuttosto, riguardo alle opinioni delle nostre famiglie sul nostro presunto destino. Eppure anche di fronte alle mie riserve, eravamo ricaduti nella routine che avevamo prima che io facessi saltare tutto in aria con un incantesimo arrabbiato.

Stare con Liam era contemporaneamente facile ed elettrizzante. Mentre stavamo fuori dalla mia porta e guardavo nei suoi occhi di ghiaccio blu, osservando i piani scolpiti del suo viso e i suoi capelli nero pece, il mio cuore fece quella strana piccola giravolta. Succedeva ogni volta che lui era vicino.

I suoi occhi incontrarono i miei nella luce argentea della luna. Poi la sua testa si abbassò, le sue labbra incontrarono le mie e mi mandarono una scossa calda direttamente attraverso di me. C'erano diversi tipi di magia, e sperimentavo il potere in molti modi diversi.

Eppure questo - questa calda ondata di potere tra noi - mi ricordava che tenevo il destino nelle mie mani. O almeno così tutti continuavano a dire.

CAPITOLO CINQUE

Il giorno seguente, andai in città come previsto per incontrare Zoe per un caffè. La trovai seduta a un tavolo in un angolo del Magic Beans. Dopo aver preso il mio caffè e uno scone ai mirtilli, mi sistemai al tavolo di fronte a lei.

«Buongiorno», disse, con gli occhi castani scintillanti e i capelli ricci e castani che le ricadevano sulle spalle. Con le sue guance rotonde e le lentiggini, aveva un aspetto allegro che si amplificava ancora di più quando sorrideva.

«Buongiorno. Allora, che c'è di nuovo?»

«Dovrei essere io a chiederlo a te. Si dice che ci sia stato un incontro multi-familiare al faro l'altra sera.»

Trattenni un sospiro. Non perché mi dispiacesse che Zoe lo menzionasse, ma per la velocità fulminea con cui le notizie circolavano a Charm Cove e che non rallentava mai.

«Da chi l'hai sentito?» chiesi.

«Da Daniel. A quanto pare, la signora Smitty... sai, quell'insegnante che le gemelle non sopportano?» Al mio cenno affermativo, continuò: «Comunque, la signora Smitty ha visto tutti entrare perché vive proprio in fondo alla strada del faro.»

«Ah. Avrei dovuto immaginarlo. Tra la casa di Opal e Theo, la casa dei miei genitori, il faro, il nostro negozio e The Ink Spot, sono cinque furti in una notte. Tutti sono nervosi perché sono state rubate solo cose da streghe. Cos'altro hai sentito? Qualche notizia da Daniel?».

Zoe spezzò un pezzo del suo scone e lo morse. Dopo un sorso di caffè, mi guardò attentamente. «Probabilmente non più di quanto sai tu. Daniel, ovviamente, sta correndo in giro cercando di parlare con tutti contemporaneamente. Preferisce non credere che si tratti di qualcosa di streghesco. A volte è fastidioso. Voglio dire, io sono una strega, quindi non è che sia qualcosa di male. Non crederesti a quello che ha detto l'altra sera», disse scuotendo la testa e fermandosi per un altro sorso di caffè.

«Cosa?»

«Finalmente stiamo parlando della possibilità di avere figli. È preoccupato che abbiano poteri e che ciò possa causare problemi. Mi ha detto ieri sera che ogni volta che ha un'indagine importante, ha qualcosa a che fare con le streghe.»

«Si è innamorato di una strega, quindi non può essere così terribile.»

Zoe alzò gli occhi al cielo con un sospiro. «Lo so. E ha dei parenti streghe. Sua zia è una strega.»

«Dev'essere una scocciatura per lui dover gestire le indagini. L'ultima cosa che vorrei essere a Charm Cove è il capo della polizia. Quando la magia si intromette in un'indagine, è molto più difficile risolvere il caso, a meno che non si sia una strega.»

Zoe rise. «Ama il suo lavoro. Penso che tenda a sentirsi in difficoltà quando si tratta di cose da streghe. Dice che ha sempre la sensazione che le persone gli stiano spiegando le cose, invece di riuscire a capirle da solo.»

Finendo un boccone del mio scone, scossi la testa. «Non è sempre così. E poi, almeno crede nella magia. Non mi preoccuperei troppo per quello che ha detto. È solo una preoccupazione in più se hai figli con poteri.»

Zoe si morse l'angolo del labbro e annuì. «Giusto. Comunque, cosa è sparito dal negozio?»

«Beh, parlando di dire tutto a Daniel, sono state rubate due bacchette e alcune pozioni, cosa che gli ho detto. Ho dovuto dirgli che non sono ancora al cento per cento a posto con l'inventario, quindi non so esattamente quali siano state prese, solo che ne mancano due. Devo parlare con zia Lea per scoprire come teniamo traccia dell'inventario delle pozioni. Accidenti, ne abbiamo alcune di secoli fa.»

Zoe rise. «Scommetto che Lea ha tutto sotto controllo. Sembra svampita, ma è sempre sul pezzo.»

«Sì, se solo potessi convincerla a smettere di piombare in negozio per fare pozioni d'impulso.» Ripensai alla visita di zia Lea al negozio l'altro giorno. Era entrata come un fulmine dalla porta d'ingresso, svolazzando il mantello sulle spalle, dichiarando che aveva bisogno di preparare velocemente un incantesimo d'amore, per poi rimanere inorridita nel vedere che avevo riorganizzato gli scaffali sul retro.

Dato che stava affrontando il cancro, tutti la assecondavamo. Anche se, a dire il vero, l'avevamo sempre assecondata, quindi non era esattamente un cambiamento.

«Come sta comunque?» chiese Zoe. «L'ho vista l'altra sera al Charm Café. Sembrava elegante come sempre ma un po' stanca.»

«Penso che stia bene. Non dice molto, ma va a fare la chemioterapia ogni settimana. Jacob è un barometro migliore. Sai quanto la adora. Era a cena dai miei genitori l'altra sera, e per la prima volta in mesi, sembrava meno preoccupato.»

«Dio, spero che si riprenda. Non riesco a immaginare Charm Cove senza Lea», disse Zoe.

Il mio cuore si strinse un po'. Perché nonostante si intromettesse nella mia vita, adoravo zia Lea. Per non parlare del fatto che non riuscivo a immaginare le mie due cugine - le sue gemelle, nate a sorpresa in tarda età, Celia e Delia, tredici anni e piene di malizia e caos - crescere senza la loro madre.

Presi un sorso lento del mio caffè. «Penso che supererà questa cosa.» Cambiando argomento perché non potevo soffermarmi su questo, chiesi: «Quindi, a parte Daniel, il portatore ufficiale di notizie sull'indagine, cos'altro hai sentito come pettegolezzo sui furti?»

«Questo è il punto. Nessuno sembra sapere. Eravamo fuori a cena ieri sera e persino la cameriera chiedeva informazioni. Voglio dire, a parte le famiglie di streghe, tutti sono preoccupati. Cinque furti in una notte. È una follia. Voglio dire, e se fosse solo una coincidenza casuale che fossero tutti luoghi di streghe?»

«In qualche modo, ne dubito. Non mi sembra proprio così. In ogni posto in cui sono entrati, non hanno preso gli oggetti di maggior valore. Le due bacchette più potenti che avevamo in esposizione nel negozio non sono state prese. Non sappiamo ancora tutto ciò che manca. La preoccupazione più grande è il faro. Chiunque sia entrato in quel faro conosceva bene il posto. Hanno persino trovato alcuni dei vecchi ripostigli che nessuno di noi controllava da decenni. Nathan dorme lì adesso.»

Gli occhi di Zoe si spalancarono. «Wow. Mi chiedo cosa volessero.»

Alzai le spalle, con la preoccupazione che turbinava nei miei pensieri. «Chi lo sa? Penelope ha fatto un elenco di ciò che sappiamo mancare finora. Stanno progettando di rintracciare ogni cosa fino alla sua provenienza, magia compresa.»

«Beh, dovremmo andare a parlare con Nathan.»

«Tu credi?»

Zoe annuì con fermezza. «Oh, sì. Non fraintendermi, lascerò che le streghe e i maghi più anziani scoprano il valore di tutto e la sua storia, ma vediamo se possiamo fare qualche indagine e scoprire chi potrebbe averlo fatto. Nathan ha quel faro da cinque anni ormai. Tanto vale fare un po' di spiata lì.»

«Mi sta bene.»

Il campanello sulla porta suonò, e istintivamente guardai in quella direzione per vedere un altro gruppo di turisti. «Devo andare in negozio», dissi, guardando l'orologio. «A che ora ci incontriamo?»

«Chiamerò Nathan e ti mando un messaggio.»

«Dovrei portare Liam?» chiesi.

«Non lo porti già ovunque?» ribatté Zoe con un sorriso malizioso.

A Zoe piaceva semplicemente prendermi in giro per Liam, il che era un sollievo rispetto alle pressioni della mia famiglia. «Va bene. Ci vediamo là. Fammi solo sapere quando.»

CAPITOLO SEI

Quel pomeriggio, mandai Celia e Delia a lavorare nella parte anteriore mentre attraversavo la tenda di perline verso l'area di stoccaggio sul retro di Niente Incantesimi. Le gemelle avevano fatto un ottimo lavoro nel riordinare il retro, e ora dovevo capire quali pozioni erano state rubate.

Su mia richiesta, avevano allineato le file di bottiglie di pozioni in ordine alfabetico sul lungo tavolo nel retro. Non preparavo pozioni spesso, o meglio, non lo facevo da anni. Mia madre, mia zia e tutte le generazioni più anziane di streghe le preparavano spesso a casa. Per anni, zia Lea aveva supervisionato quelle che vendevamo qui nel negozio.

Lei *adorava* preparare pozioni, e il suo entusiasmo aveva creato una scorta così massiccia che non riuscivo a immaginare di doverne preparare molte altre nel prossimo futuro. Le bottiglie tintinnavano mentre controllavo le etichette, ridendo piano tra me e me per i nomi. Avevamo molte *L'Amore Fa Girare il Mondo* e *L'Amore Troverà una Via*. Avevamo anche molte *Ferma il Dolore Articolare* e *Sei Arrabbiato con Qualcuno? Rompi Questa Bottiglia*.

Avevo chiesto alle ragazze di ordinarle anche per età. Le bottiglie più nuove che usavamo erano di un decorativo vetro blu brillante.

Alcuni dei vasi più vecchi erano in vetro verde bottiglia, marrone e persino trasparente. Il vetro trasparente veniva raramente utilizzato, se non altro perché la luce poteva influenzare le pozioni.

Mentre esaminavo gli articoli, presi una scatola di registri organizzati che zia Lea mi aveva consegnato ieri sera. Anche se tendevo a prenderla in giro per la sua disorganizzazione, era chiaramente più organizzata di quanto le avessi dato credito. Ogni registro era rilegato in pelle con fogli a righe all'interno ed elencava ogni pozione, gli ingredienti utilizzati e quando era stata preparata. C'erano dieci registri. La carta all'interno di quello più vecchio era sottile, con la scrittura chiaramente fatta con una penna d'oca. Stavo tenendo in mano la storia.

Storia, destino, fato e altro ancora erano intessuti nel tessuto della mia vita giorno dopo giorno. Eppure era facile dimenticarlo quando avevo uno smartphone in tasca. Qui tra le mie mani, potevo sfogliare il registro più antico e dedurre che la mia bisnonna di quarta o quinta generazione aveva documentato diligentemente le pozioni che aveva preparato.

Mi sedetti su uno degli sgabelli lungo il bancone posteriore. Con centinaia e centinaia di pozioni da esaminare e un elenco meticoloso di ciò che dovrebbe esserci, sarei stata occupata per un po' di tempo.

Zia Lea mi aveva confidato questa mattina, mentre chiacchieravamo durante il mio viaggio in auto, che sebbene non fosse al cento per cento aggiornata sull'inventario nel computer, aveva tenuto appunti impeccabili nei suoi quaderni. Era anche sicura che tutti prima di lei avessero fatto lo stesso. In negozio vendevamo solo le pozioni più recenti e stavamo gradualmente cercando di inserire tutti gli articoli in vendita in un sistema di inventario computerizzato. Tra le famiglie di streghe, spesso scambiavamo pozioni antiche quando necessario, ma zia Lea mi aveva assicurato che aveva documentato anche quei dettagli e credeva che ogni strega che l'aveva preceduta nella gestione del negozio avesse fatto lo stesso.

Il peso delle aspettative mi colpì mentre osservavo le file su file di bottiglie e i meticolosi registri. Ora avevo la stessa responsabilità e dovevo esserne all'altezza.

Decisi di sistemare prima la roba destinata alla vendita perché sarebbe stato più facile. Ne vendevamo molti, ma gli articoli per la vendita al dettaglio erano tutti nelle bottiglie più nuove e limitati ai due registri più recenti, secondo zia Lea.

Dopo alcune ore, mi sentivo sicura di sapere cosa mancava da quelli: solo due bottiglie di due diverse pozioni. La mia preoccupazione era quanto fossero potenti se combinate.

Un brivido mi percorse la schiena, un formicolio che scendeva lungo le spalle e le braccia fino alle punte delle dita. Qualcosa stava succedendo. Dovevamo solo capire cosa fosse.

Facendo una pausa, andai davanti per controllare le gemelle. Celia stava chiacchierando con un paio di clienti e li stava aiutando nella sezione gioielli. Guardando avanti e indietro tra le gemelle, non potei fare a meno di sorridere. Con capelli neri, vivaci occhi blu, pelle di porcellana e guance rosee, erano identiche. Entrambe erano un po' rotondette e assolutamente adorabili.

A parte il fatto che occasionalmente combinavano qualche marachella, erano brave lavoratrici e non brontolarono troppo quando presi il controllo del negozio da loro madre. All'inizio, avevamo avuto un periodo di adattamento perché ero un po' più severa con loro di quanto lo fosse stata zia Lea. Ma ora ci eravamo stabilite in un pattern. Delia era dietro il bancone alla cassa facendo esattamente ciò che le avevo chiesto di fare: aggiornare l'inventario e creare un foglio di calcolo nel computer.

Con le gemelle che erano veloci al computer, come la maggior parte dei ragazzi della loro età, pensavo che avremmo potuto completare la transizione mettendo la maggior parte del nostro inventario nel computer. Zia Lea non voleva che lo facessi per le cose più vecchie, e lo capivo perfettamente. Non era sicuro avere antiche pozioni elencate dove qualcuno potesse accedervi online.

Mi appoggiai al bancone accanto a Delia. «Come stiamo andando?»

«Alla grande», disse, girandosi verso di me e mostrandomi il foglio di calcolo che aveva creato, le guance che diventavano rosa quando la complimentai.

«Sembra perfetto. Com'è andato il business?»

«Intenso. Abbiamo avuto i soliti turisti a fare shopping, ma più locali del solito. Penso che la gente sia curiosa a causa dei furti», offrì.

«Hai scoperto qualcosa di nuovo?» chiesi.

Le gemelle erano naturalmente curiose e sempre nel mezzo delle cose. Avevo deciso di mettere a buon uso queste caratteristiche e avevo chiesto loro di essere il più curiose possibile. Le gemelle erano esperte in questo, facendo spudoratamente tutte le domande che volevano quando volevano.

«Una cosa», disse Delia con un luccichio negli occhi. «È entrata questa signora, e sicuramente non è di qui. In qualche modo, sapeva di tutti i furti in città e stava facendo domande su di essi. Mi è sembrato strano. Tu che ne pensi?»

«Beh, non so cosa pensare», risposi, intendendo esattamente questo. Poteva non essere nulla, o poteva essere qualcosa. «Com'era fatta?»

«Aveva i capelli castano-grigi e gli occhi azzurri, ed era un po' magra».

«Sai da dove veniva?»

«Sì. Gliel'ho chiesto, e ha detto che veniva dal New Hampshire. Solo per essere sicura, l'ho seguita fuori quando è uscita, e la sua targa era del New Hampshire», rispose Delia con un cenno della testa.

«Hmm», era più o meno tutto ciò che avevo da dire. «Beh, se torna, continua a fare domande. Per caso non hai preso il numero di targa, vero?»

Delia sorrise. «Certo che l'ho fatto!» Tirò fuori un piccolo pezzo di carta con fare teatrale e me lo consegnò.

«E hai aspettato a dirmelo perché?» chiesi con un sorriso.

«È appena uscita pochi minuti fa».

«Ok, bene, tu resta qui davanti. Io vado a fare qualche telefonata».

Tornando nel retro, chiamai rapidamente Daniel, il capo della polizia. Dopo avergli trasmesso le informazioni, mi chiesi se dovessi provare a seguire la donna. Mentre stavo contemplando questa possibilità, Daniel mi richiamò. «Ho appena controllato la targa. È Abby Proctor. Viene dal New Hampshire, ma la sua famiglia possiede una casa estiva qui. Sto andando a controllare la loro casa per vedere se c'è qualcuno. Non metterti a inseguirla oggi», mi avvertì.

«Daniel, cosa ti fa pensare che lo farei?»

«Perché conosco te e tutta la tua dannata famiglia».

Il suo tono era bonario, ma sapevo che gli piaceva sentirsi come se avesse il controllo delle cose, quindi decisi di assecondarlo per ora. Tornando al tavolo di lavoro, rimisi tutte le pozioni più recenti al loro posto sugli scaffali, poi rivolsi la mia attenzione alle centinaia di pozioni più vecchie. Questo avrebbe richiesto più tempo.

Tirai vicino la pila di registri, contemplando ciò che zia Lea mi aveva detto su come questi erano conservati. Venivano tenuti nella scatola che mi aveva dato, che era protetta dalla magia, e lei li portava al negozio solo quando ne aveva bisogno. Quando i registri non erano con lei, conservava la scatola in una cassaforte protetta dalla magia a casa sua e di Jacob.

Non è che pensassi che questi registri fossero lasciati in giro, ma i livelli di protezione mi ricordavano il valore delle antiche informazioni contenute in essi.

Soprattutto per curiosità, tirai fuori il registro più vecchio dal fondo della pila. Era rilegato in pesante pelle marrone lucidata fino a splendere. Aprendolo, l'odore della carta vecchia mi arrivò. Righe meticolose di scrittura si trovavano davanti a me. Mentre giravo attentamente le pagine e raggiungevo il retro, mi resi conto che un piccolo pezzo di carta piegato era infilato nel retro del libro.

Lo tirai fuori molto attentamente e lo dispiegai con delicatezza. Era un vecchio pezzo di carta da minuta, ingiallito e sbiadito, contenente un elenco di nomi di famiglia. L'elenco sembrava essere raggruppato per città: Salem, Boston, North Salem e Sturbridge.

C'erano molti nomi familiari: i Wicked, i Good, i Bishop, i Levesque, i Baker e altri. Era quasi come un albero genealogico di streghe.

Quando si tratta di famiglie di streghe, molte di esse erano enormi. Con l'antico incantesimo lanciato secoli fa che prevedeva che un Wicked e un Good si sposassero in ogni generazione, potresti chiederti se ci preoccupassimo delle linee di sangue che si incrociavano. Al momento in cui quell'incantesimo fu lanciato, entrambe le famiglie erano massicce con tentacoli che si estendevano lontano. Era piuttosto complicato cercare di tenere traccia delle varie generazioni che si espandevano ulteriormente in ogni generazione.

Comunque, mi sto dilungando. Mentre esaminavo l'elenco e le città, mi resi conto che stavo probabilmente guardando un elenco di famiglie di streghe che si erano allontanate da Salem prima, durante e dopo l'isteria delle streghe e dove si erano trasferite. Scorrendo l'elenco, saltarono fuori nomi che non avevo mai visto.

Sebbene il mondo delle streghe fosse molto più esteso di quanto molti sapessero, era comunque piccolo nel grande schema delle cose. I nomi più familiari per me erano le famiglie che erano venute a Charm Cove. Sporgendomi, tirai il mio quaderno nuovo davanti a me, annotando rapidamente l'elenco esattamente come era scritto. Non c'era modo che avrei portato in giro questo piccolo pezzo di carta, ma almeno sapevo cosa c'era scritto. Ciò che dovevo capire era il perché. Una sezione di nomi non mi era familiare, e intendevo chiedere a mia madre e a zia Lea a riguardo.

Dopo aver rimesso il pezzo di carta dove era stato infilato nel vecchio registro, controllai se uno degli altri quaderni aveva qualcosa sul retro. Non scoprendo nient'altro, tornai al lavoro. Al momento in cui avevo finito, avevo scoperto che mancavano altre due pozioni, entrambe antiche pozioni utilizzate dalla mia famiglia per generazioni.

Sistemando tutto per la notte, tirai fuori il piccolo contenitore per i registri e rapidamente lanciai un incantesimo di occultamento intorno ad esso. Con un colpo di polso, la scatola scomparve. A meno che tu non fossi un membro della mia famiglia, non saresti stato in grado di vedere che avevo qualcosa di magico con me mentre la portavo a casa per la notte.

Dopo aver controllato Celia e Delia, fui lieta di scoprire che avevano già preparato il negozio per la chiusura. Salutai quando zia Lea passò a prenderle. Consultandomi rapidamente con lei, concordammo che mi sarei fermata a cena la sera successiva per discutere di ciò che avevo appreso. Voleva discuterne stasera, ma le gemelle avevano uno spettacolo scolastico che non voleva perdere.

Chiudendo la porta d'ingresso e girando il cartello nella finestra su *Chiuso*, camminai per il negozio silenzioso, controllando per assicurarmi che tutto fosse in ordine. Era divertente, ma se mi avessi detto qualche mese fa che mi sarei ambientata così rapidamente nell'aiutare a gestire il negozio di famiglia, ti avrei riso in faccia.

Ma questo era prima che molte cose cambiassero. Mi era mancato essere a casa per tutto questo tempo. Stare lontano da Charm Cove richiedeva nascondere l'essenza stessa di chi ero. Eppure potevo essere testarda, e certamente lo ero stata. Ero rimasta in un lavoro che odiavo troppo a lungo. Quell'incantesimo d'amore andato storto mi aveva riportato a casa, anche solo per un weekend.

Quel viaggio di fine settimana aveva messo in moto una serie di eventi, tra cui la perdita del mio lavoro e il mio riconnettermi con la magia che avevo cercato di ignorare. C'era tutto questo e l'incontro con Liam di nuovo. Non sapevo che avesse divorziato dopo un matrimonio di brevissima durata. Ora, sembrava come se la mia vita stesse precipitando lungo un altro percorso, uno sia familiare che sconosciuto.

Scossi la testa. La mia infanzia era stata piena di tempo in questo negozio, e lo amavo qui. Si sentiva come casa in un certo senso. Riflettei sulle pozioni mancanti e mi chiesi cosa avrebbero rivelato gli altri pezzi del puzzle. Controllando ancora una volta la parte anteriore, mi assicurai di lasciare accese le luci esterne. Di solito non lo facevo, ma tutti i proprietari di negozi del centro città erano ipervigilanti con la recente ondata di furti. Niente Incantesimi e The Ink Spot erano gli unici obiettivi commerciali noti finora, ma nessun altro voleva essere aggiunto all'elenco.

The Ink Spot esisteva da ancora più tempo del nostro negozio. Era la prima attività documentata a Charm Cove e ancora nella sua posizione originale. Era una tipografia gestita dai Bishop, un'altra famiglia di streghe che era arrivata a Charm Cove poco dopo i Wicked e i Good.

I Bishop erano in qualche modo un po' separati dalle nostre famiglie. Erano leggermente meno potenti, ma solo di un soffio. Solo un membro della loro famiglia aveva partecipato alla riunione al faro l'altra sera. Come famiglia, erano ancora un po' amareggiati per il coinvolgimento di Sally e Rae nella morte di Alvin.

Con il negozio silenzioso, controllai le serrature sul retro e poi uscii con la scatola nascosta in mano. Non dovevo portarla. Rimaneva con me al mio fianco mentre camminavo. La mia auto era parcheggiata dall'altra parte del verde della città. Charm Cove, come molti piccoli cittadine del New England, era stata costruita molto prima che esistessero le auto. Nessuno aveva pianificato lo spazio necessario per le auto a quei tempi, quindi i parcheggi nel centro città erano preziosi. Mentre il nostro negozio aveva un piccolo parcheggio sul retro, non lo usavamo mai dalla primavera all'autunno. Il parcheggio doveva rimanere libero per i clienti.

L'oscurità stava calando, l'aria fresca e frizzante, e le foglie autunnali svolazzavano sugli alberi mentre attraversavo il verde, seguendo le lastre di ardesia. Mi fermai per prendere un respiro e guardarmi intorno. I lampioni si stavano accendendo, e le persone stavano ancora camminando sui marciapiedi e avventurandosi nei ristoranti e nei caffè che fiancheggiavano le strade del nostro piccolo centro città.

Quando ricominciai a camminare, un brivido mi corse lungo la schiena, giù per le braccia e nelle punte delle dita. Quello era il mio segnale. Guardandomi intorno, percepii che qualcuno mi stava seguendo. Ma c'erano abbastanza persone che girovagavano da non riuscire a trovare nessuno che sembrasse sospetto. Il disagio mi attraversò. A disagio e rendendomi conto che tenevo in mano una scatola potente e un mucchio di storia familiare, decisi che un po' più di magia era d'obbligo. Con un colpo di polso, feci roteare del fumo nell'aria, scomparendo in esso e atterrando proprio nella mia auto in pochi secondi.

Mi fermai per ricompormi e assicurarmi di avere tutto ciò di cui avevo bisogno. La scatola era proprio accanto a me, luccicante nella luce crepuscolare. Guidai a casa rapidamente. Considerai di chiamare Liam sulla strada di casa, ma sapevo che sarebbe passato come faceva quasi ogni notte ormai.

Affrettandomi dentro una volta arrivata a casa, riposi immediatamente la scatola nella cassaforte in uno degli armadietti della cucina. Poi lanciai un altro incantesimo per nascondere la cassaforte all'interno dell'armadietto.

Ghost non era affatto contento di me. Era riuscito ad atterrare sulla mia spalla, ma non mi ero fermata ad accarezzarlo come facevo di solito. Ora sedeva sul bancone, la sua lunga coda bianca che si agitava avanti e indietro.

«Scusa, Ghost», commentai mentre mi avvicinavo a lui. «Dovevo occuparmi prima di una cosa».

Quando grattai le dita tra le sue orecchie, iniziò immediatamente a fare le fusa e tutto fu perdonato. Dopo averlo nutrito, stavo per chiamare Liam quando sentii un rapido bussare alla porta, e poi lui entrò.

Guardandolo, il mio cuore fece quel buffo saltello che faceva ogni volta che lo vedevo. Anche se non avevo mai del tutto superato la mia cotta infantile per lui e mi ero innamorata perdutamente di lui al liceo, le cose sembravano diverse ora. Era più vecchio e più saggio, e lo ero anch'io. Quella saggezza era ciò che mi tratteneva leggermente ogni volta che consideravo la pressione che stavamo affrontando dalle rispettive famiglie.

A me e Liam era stato detto fin da piccoli che eravamo destinati a sposarci e dovevamo incontrare il nostro destino per il *bene delle streghe e di tutti*. Quell'incantesimo lanciato secoli fa da due matriarche determinava che un Wicked e un Good si sarebbero innamorati in ogni generazione. I matrimoni successivi avrebbero tenuto insieme la pace che era stata forgiata dopo quasi cento anni di faide tra le famiglie.

C'era pressione, e c'era il mio stupido pasticcio dopo che avevo accidentalmente bruciato una casa a Boston quando ero diventata gelosa.

Nonostante tutto ciò, tutto ciò che Liam doveva fare era entrare in una stanza, e dei battiti d'ali si scatenavano nella mia pancia. Con i suoi lineamenti classicamente belli, era molto piacevole da guardare. La sua bocca si sollevò ad un angolo quando mi vide con Ghost seduto sul bancone.

«Ehi», disse mentre si avvicinava a me, abbassando la testa e catturando le mie labbra in un rapido bacio.

«Com'è stata la tua giornata?» chiesi quando si allontanò.

Alzò le spalle. «Niente di speciale. Ho trattato con un mucchio di numeri. La tua?»

«Beh, è stata movimentata. Inizierò con come è finita. Sono abbastanza sicura che qualcuno abbia cercato di seguirmi dopo che ho lasciato il negozio».

Gli occhi di Liam si allargarono, e scivolò su uno sgabello accanto a me, la preoccupazione che segnava i suoi lineamenti. «Cosa è successo?»

«Sai come ti ho detto che zia Lea mi ha dato tutti quei registri per il negozio, quelli che risalgono alla fine del 1600?» Al suo cenno, continuai: «Me li ha dati in una scatola protetta, così potevo fare l'inventario di tutto il retro e scoprire cosa era stato rubato. Li ho esaminati tutti e ho trovato questa piccola nota sul retro di uno di essi con tutti questi nomi». Facendo una pausa e raggiungendo la mia borsa, tirai fuori il pezzetto di carta dove avevo scarabocchiato l'elenco dei nomi. «Prima di lasciare il negozio, ho rimesso i registri nella loro scatola e ho lanciato un incantesimo per renderla invisibile. Quando sono uscita e stavo camminando attraverso il verde, sono sicura che qualcuno mi stava seguendo. Li ho trasportati nella mia auto e sono tornata a casa. Non so dire perché, ed era niente più che una sensazione, ma sento che chiunque mi stesse seguendo vuole quei registri».

Liam rimase in silenzio, e poi annuì. «Forse è così, ma cosa c'era oltre all'inventario delle pozioni per il negozio?»

«Ogni libro ha un inventario dettagliato che risale a quando il negozio ha aperto. Per dettagliato, non intendo solo elenchi di pozioni, ma quando sono state fatte, chi le ha fatte e quali ingredienti sono stati utilizzati in ciascuna».

«Sarebbe prezioso per qualcuno che sapesse cosa farsene», rispose, il suo sguardo pensieroso. «E non hai visto chi potrebbe averti seguito?»

Sospirai e scossi la testa. «Sai quanto è affollato il centro in questo periodo dell'anno. La gente era ovunque sui marciapiedi, quindi non riuscivo a capire. Sono scomparsa nella mia auto e sono tornata a casa. La scatola è ora chiusa nella cassaforte che Lea ha mandato con essa. Quella ha la sua serratura magica, e poi ho lanciato un incantesimo di protezione intorno ad essa. Anche se qualcuno sa dove vivo, non ci entrerà stanotte».

«Bene. Mi chiedo se non dovresti restituirli a Lea e Jacob il prima possibile. So che siamo potenti, ma loro sono sicuramente più potenti».

«Oh, sono completamente d'accordo. Avevano uno spettacolo per le gemelle stasera, ma ho intenzione di portarla con me al lavoro domani mattina e poi andare a casa di Lea e Jacob domani sera per cena. Vuoi venire?»

Scivolai giù dallo sgabello e girai intorno al bancone per prendere una birra a Liam perché non avevo nemmeno pensato di offrirgli da bere ancora.

«Hai cenato?» chiesi mentre gli facevo scivolare una bottiglia di birra attraverso il bancone.

Quando scosse la testa, aprii di nuovo il frigorifero, considerando cosa preparare. Eravamo caduti in un pattern piuttosto confortevole. Veniva quasi ogni sera, anche se non passava sempre la notte.

Stasera volevo che restasse.

«Ho ancora gli avanzi delle lasagne che ho fatto l'altra sera. Ti va bene?» chiesi guardando oltre la mia spalla.

«Certo».

Le tirai fuori e accesi il forno per riscaldarle. Nel frattempo, lui prese il pezzetto di carta con i nomi e iniziò a leggerli. «La maggior parte di questi sono familiari», mormorò.

«Già. Ce ne sono solo due che non riconosco», offrii mentre mi versavo un bicchiere di vino e infilavo la teglia di lasagne nel forno. «Burroughs e Proctor. Ho sentito questi nomi prima, ma non in associazione con le streghe. Tu li hai sentiti?»

Scivolando di nuovo sullo sgabello di fronte a lui, apprezzai distrattamente la caduta lucente dei suoi capelli scuri sulla fronte mentre si sporgeva in avanti, esaminando l'elenco. Liam scosse lentamente la testa quando guardò di nuovo in alto. «Definitivamente non Burroughs per quanto riguarda le streghe. È un cognome comune a Boston, però. Ma ho sentito parlare della famiglia Proctor prima. Dovrò verificare, ma penso che quella famiglia fosse coinvolta nei processi alle streghe di Salem».

«Davvero?»

La sua bocca si curvò a un angolo. «Penso di sì, ma lascia che verifichi con mia madre. Sai che è la regina delle questioni genealogiche».

Santo cielo. Non doveva sorridere così. Mi faceva fare capriole allo stomaco.

Opportunamente, il timer del forno suonò. Finimmo gli avanzi di lasagne, la conversazione si spostò, e ci trasferimmo sul divano. Ero perfettamente felice di guardare repliche di spettacoli comici per la serata. A volte fuggire nella televisione era un enorme sollievo.

Sapere che forze soprannaturali erano all'opera tutto il maledetto tempo poteva stancarti quando non eri sicuro di cosa stesse succedendo.

CAPITOLO SETTE

Quando mi svegliai la mattina seguente, mi resi conto che Liam doveva avermi portata a letto. Era già andato via da tempo e Ghost era seduto sul bordo del letto a guardarmi. Rotolando su un fianco, allungai la mano, facendogli cenno di avvicinarsi. Ghost ora era un debole per qualsiasi tipo di affetto. Era stato distaccato con me per un buon mese all'inizio, ma da allora aveva deciso che l'affetto era di gran lunga superiore all'ignorarmi. Si avvicinò lentamente e strofinò la guancia sulle mie nocche per un momento prima di balzare giù dal letto e scappare fuori dalla stanza. Quello era il mio segnale per alzarmi.

Dopo aver dato da mangiare a Ghost ed essermi preparata per il lavoro, mi diressi in città per prendere un caffè da Magic Beans. Mentre attraversavo il parco con il caffè in mano, Beatrice stava sfrecciando all'angolo con il suo gruppo di power walking. Sembravano così energici da farmi sentire decisamente pigra.

Beatrice deviò dal percorso quando mi vide, tagliando con un angolo rapido attraverso il parco. Con i gomiti che volavano, si fermò con una frenata davanti a me.

«Buongiorno, Moira», disse energicamente.

Ero ancora un po' assonnata perché il mio caffè non aveva ancora fatto effetto. L'energia vibrante di Beatrice era un po' troppo, come essere investita da una raffica di vento. Presi un sorso del mio caffè e riuscii a sorridere. «Buongiorno, Beatrice. Vedo che è uscita per la sua camminata».

Beatrice annuì, i suoi capelli argentati scintillavano al sole e i suoi occhi azzurri brillavano. Si avvicinò, sporgendosi verso di me. «Volevo farLe sapere che ho visto qualcosa questa mattina», disse in un sussurro cospiratorio.

«Oh? Cosa ha visto?» Non sapevo quanto più vaga potesse essere. Insomma, anch'io avevo già visto parecchie cose stamattina.

«Beh, come sa, ho questo gruppo di cammino. Ma la mia casa è proprio là», disse, indicando dove si trovava la sua casa all'angolo. Come in molte cittadine del New England, il parco comunale di Charm Cove si trovava proprio nel centro della città. I parchi comunali erano originariamente destinati a servire come luogo centrale di ritrovo e lo facevano ancora. Il parco di Charm Cove aveva un ampio prato con alberi sparsi qua e là, panchine in ogni angolo e alcune aiuole.

Quattro strade formavano un quadrato perfetto attorno al parco centrale. La strada principale della città era Charming Way, che si intersecava con Main Street e Good Lane. Di fronte a Charming Way c'era Wicked Way. Perché, sì, i nostri antenati non avevano proprio potuto fare a meno.

La famiglia di Beatrice era una delle famiglie fondatrici di Charm Cove. Insieme ai Wicked e ai Good, si erano trasferiti qui nel primo decennio circa. Beatrice viveva ancora nella casa originale della famiglia, che si trovava appena oltre alcuni dei negozi al dettaglio su Charming Way. Il piano inferiore della sua casa era affittato a una fabbrica di cioccolato e caramelle mentre lei viveva al piano di sopra.

La casa offriva un'eccellente vista sul parco, e non potevo credere di non aver pensato di chiederle prima. Anche se immaginavo che sarebbe stata addormentata quando erano avvenuti i furti. «Ha davvero un'ottima vista sul parco da lì. Cosa ha visto?»

Si sporse ancora più vicino, abbassando la voce quasi a un sussurro. Guardandomi intorno, non vidi nessuno nelle vicinanze. Il suo gruppo di power walking aveva proseguito. «Beh, c'era un uomo che non ho mai visto prima. Ha percorso tutte e quattro le strade del parco e poi è passato attraverso il centro».

Non ero così sicura che questa fosse una rivelazione, visto che Charm Cove era piena di turisti dalla primavera fino all'autunno. Vedevo persone che non conoscevo ogni giorno, ma le avrei dato corda. «Quando?»

«Questa mattina. L'ho visto anche ieri mattina, ma era più tardi e c'erano altre persone in giro, quindi non ci ho dato peso. Questa mattina, era appena dopo l'alba, e i lampioni erano ancora accesi».

«Che aspetto aveva?»

«Un tipo alto con i capelli sale e pepe. Magro come un chiodo. Buon Dio, quell'uomo avrebbe bisogno di mangiare».

Mi morsi l'interno delle guance per non ridere. Beatrice stessa sarebbe potuta essere spazzata via facilmente da una raffica di vento.

«E non l'ha mai visto prima?»

«Assolutamente no».

«Non per essere scortese, Beatrice, ma abbiamo tonnellate di ammiratori del foliage in questi giorni. È sicura che non fosse solo un turista?»

«Non credo, cara. Mi fido del mio istinto, e il mio istinto mi dice che quest'uomo non sta tramando nulla di buono».

«Va bene».

Anche se Beatrice poteva essere un po' stravagante e sicuramente iper-concentrata sul suo gruppo di power walking, era una strega ed era stata una volta piuttosto potente. Dopo che suo marito era morto alcuni anni prima, aveva preso più un ruolo di secondo piano nel mondo delle streghe. Detto questo, mi fidavo del suo giudizio, quindi se percepiva che c'era qualcosa che non andava con chiunque avesse visto, probabilmente aveva ragione.

«Dovresti tenere gli occhi aperti», aggiunse. «Io so che lo farò. Devo tornare alla mia camminata».

Girò su sé stessa e ripartì a tutta velocità. Sorseggiavo il mio caffè mentre mi dirigevo verso il negozio. Non ero affatto una persona pigra, ma la velocità di Beatrice mi faceva sentire come una lumaca.

Essendo lunedì, non mi aspettavo l'aiuto delle gemelle al negozio fino a dopo la scuola. Questa mattina, mi sistemai nell'area anteriore per continuare a rivedere l'inventario delle pozioni. Portavo avanti solo un vassoio di bottiglie alla volta mentre le contavo, abbinandole con attenzione all'inventario.

Al momento in cui le gemelle arrivarono nel pomeriggio, avevo esaminato l'intero inventario. È interessante notare che, mentre esaminavo le diverse pozioni, ho scoperto che ne mancavano due da ogni secolo: due dalla fine del 1600, dalla fine del 1700, dalla fine del 1800, dalla fine del 1900 e poi due dal 2000. In totale, mancavano dieci pozioni. In ogni caso, erano le stesse due da ogni secolo.

Se qualcuno le avesse combinate, avrebbero creato una pozione per recuperare il potere perduto. Quella sensazione di presagio risalì nuovamente lungo la mia spina dorsale, giù per le braccia e fino alla punta delle dita.

Una volta che le gemelle furono arrivate, riportai le pozioni nell'area di stoccaggio, rimisi i registri nella loro scatola e lanciai un altro incantesimo di protezione intorno ad essa.

———

Quella sera, camminai lungo le lastre di ardesia fino alla porta d'ingresso dei miei genitori. Ogni volta che li visitavo, camminavo dalla mia casa di carrozze. Anche se la casa di carrozze si trovava nella proprietà di famiglia, non era visibile dalla loro casa. Era attraverso un piccolo boschetto di alberi.

La casa dei miei genitori si ergeva su un promontorio che dominava l'Oceano Atlantico. Il centro di Charm Cove e il suo porto potevano essere visti in lontananza. La vecchia casa in stile coloniale era stata costruita nel 1700. Inutile dire che era stata ristrutturata da allora. Il rivestimento era di un verde salvia chiaro con un tetto d'acciaio inossidabile rosso brillante, dando alla maestosa casa una sensazione allegra.

Spingendo attraverso la porta d'ingresso rossa, entrai nell'ampio atrio. Il sole al tramonto passava attraverso le finestre accanto alla porta, riflettendosi sulla ringhiera di legno lucido della scala che si curvava lungo la parete. Una massiccia cucina e una sala da pranzo si trovavano su un lato del corridoio appena oltre l'atrio, mentre un salotto formale e un soggiorno più piccolo erano sull'altro lato. L'interno della casa aveva ancora un'atmosfera classica anche se era stato aggiornato. I pavimenti di castagno erano lucidati a specchio, e alte finestre rivestivano ogni parete. Accenti color pastello in tutta la casa risaltavano sulla pittura grigio tortora delle pareti.

Con la scatola del registro accanto a me, nascosta nella sua magia occultante, attraversai l'atrio lungo il corridoio ed entrai in cucina. Mentre attraversavo la porta della cucina, sentii la voce di Liam insieme a quella di mia madre e poi la risposta di zia Lea. Per un momento, pensai che il povero Liam fosse l'unico uomo qui con loro. Non che non potesse prendersi cura di sé stesso, ma era sicuro che l'avrebbero infastidito se fosse stato così. Mentre la porta si chiudeva dietro di me, sentii il basso brontolio della voce di mio padre e guardai per trovarlo seduto al tavolo nella baia finestrata con Liam.

Una grande isola nel centro della cucina invitava le persone a sedersi e rilassarsi sugli sgabelli che la circondavano. Dietro l'isola c'era un forno a legna che mia madre usava ancora perché giurava che non ci fosse modo migliore per cuocere il pane. Detto questo, aveva anche un forno a propano più nuovo su un lato. Una bella vista sul prato posteriore con Charm Cove in lontananza era visibile attraverso le finestre sopra il lavandino di ardesia, che si trovava tra i due forni. Lo spazio era accogliente e caldo.

Liam era seduto al tavolo a chiacchierare con mio padre. Mia madre e zia Lea erano al bancone della cucina, sorseggiando vino mentre mia madre mescolava qualcosa sul fornello.

«Beh, ciao cara», chiamò zia Lea, alzando la mano per aggiustare gli occhiali sul naso e facendo tintinnare il suo gruppo di braccialetti mentre lo faceva. Il suono mi ricordava il mio stesso braccialetto con ciondoli. Ormai non lo notavo quasi più, proprio come prima.

Zia Lea indossava una gonna rosso vino che cadeva in un vortice intorno alle caviglie con un paio di stivali di pelle nera e una camicetta color crema aderente. Una bacchetta rossa teneva i suoi capelli sulla testa. Era l'immagine dell'eleganza, come sempre.

Mia madre alzò lo sguardo, lanciando un sorriso e poi spegnendo il fornello. Lei e zia Lea si assomigliavano notevolmente con i capelli neri striati d'argento e occhi verdi scintillanti. Avevo concluso che le loro somiglianze nell'aspetto erano semplicemente perché erano entrambe streghe, visto che erano cognate, piuttosto che sorelle. Con alcune eccezioni, i capelli scuri e gli occhi verdi o blu erano incredibilmente comuni tra le streghe. Mia madre tendeva a portare i capelli sciolti più spesso, e stasera, le ricadevano in onde sciolte intorno alle spalle. Anche lei indossava una gonna lunga anche se la sua era blu navy. L'aveva abbinata a una maglietta più casual e larga.

Emanavano una sorta di eleganza hippy-dippy, che sembrava correre attraverso entrambi i lati della mia famiglia. Avevo cercato di liberarmene quando mi ero trasferita a New York, ma era difficile da scrollarsi di dosso. Un look più urbano non mi si addiceva. Ero più propensa a indossare jeans e magliette rispetto a loro, comunque.

«Ciao, zia Lea. Ehi, mamma», dissi mentre raggiungevo il bancone. Feci un cenno a mio padre e Liam quando entrambi mi guardarono, ma sembravano immersi in una profonda conversazione. Con un colpo di polso, annullai l'incantesimo di protezione attorno alla scatola prima di appoggiarla sul bancone.

«Ecco qui. Ho fatto l'inventario di tutto», dissi, incrociando gli occhi di zia Lea. «Ti dirò, non ero così sicura che tutto sarebbe stato lì dentro, ma c'è. Beh, tranne quello che è stato rubato».

Zia Lea sorrise. «Certo, cara. So che ti preoccupavi che non tenessi le cose troppo organizzate, ma l'ho fatto proprio come tutti quelli che sono venuti prima di me. Tua madre ed io stavamo discutendo con Penelope che sosteniamo assolutamente che tu computerizzi l'inventario corrente. Ma non pensiamo davvero che sia una buona idea farlo per le cose più vecchie».

«Oh, assolutamente. Ha perfettamente senso per me. In questo modo, sarà solo più facile tenere traccia di tutte le cose nella parte al dettaglio del negozio. Forse non dovremmo inventariare affatto le pozioni».

Mia madre parlò. «Oh, no. Devi inventariare tutte quelle pozioni con nomi ridicoli. L'abbiamo fatto per secoli, quindi non possiamo fermarci adesso».

«Intendevo che non dovremmo inventariarle nel computer», chiarito. «Le informazioni sono troppo preziose e non vogliamo che nessuno possa accedervi».

Zia Lea si stava divertendo un mondo con le pozioni dall'esplosione di interesse per i rimedi naturali e i prodotti new-age. La prima ondata era stata negli anni '60 e '70, ma poi era davvero decollata all'inizio del secolo. Zia Lea aveva assunto il mantello e aveva aiutato la famiglia a guadagnare un sacco di soldi dalle pozioni e dai rimedi dal momento che l'ultima moda non mostrava segni di diminuzione.

Persnickety Potions & Gifts rimaneva piuttosto affollato insieme a Beauty Bewitched, che era gestito da Opal Good. I due negozi non erano proprio in competizione, però. La nostra famiglia si concentrava su pozioni, rimedi naturali, gioielli e piccoli ninnoli. Il negozio di Opal aveva più prodotti di bellezza. In un certo senso, si completavano a vicenda, e spesso ci mandavamo affari a vicenda. Nonostante le vecchie voci di una faida tra le famiglie, ci saranno voluti pochi secoli di pace, ma le nostre famiglie per lo più si sostenevano a vicenda ora.

Indicai la scatola che conteneva i registri. «Quindi ecco qui. Come ti ho detto al telefono oggi, Liam ed io stavamo pensando che tu e Jacob dovreste chiudere quella cosa al sicuro da qualche parte. Forse dovremmo lanciare alcuni incantesimi extra su di essa una volta che è nascosta».

Mia madre ridacchiò mentre si girava per controllare qualunque cosa avesse nel forno.

«È zuppa di vongole e pane fresco che sento?» chiesi.

«Certo che lo è. Ho fatto quello e un po' di bisque di aragosta. Tuo padre ha portato dell'aragosta fresca oggi», rispose mia madre. Guardò verso la finestra della baia, mandando un bacio a mio padre.

Erano ancora ridicolmente romantici l'uno con l'altro. Mi ero abituata, ma comunque.

«Pensavo che dovremmo parlare delle pozioni che ho scoperto che mancavano», aggiunsi.

«Sistemiamoci prima al tavolo», disse zia Lea, gesticolando con le mani verso il tavolo e praticamente cacciandomi.

«Posso aiutare», offrii.

«Non c'è bisogno, cara», chiamò mia madre mentre tirava fuori le ciotole per la zuppa dal mobile della cucina, e zia Lea iniziò a versare la zuppa in esse.

Mi lasciarono affettare il pane fresco che mia madre tirò fuori dal forno. Nel giro di pochi minuti, eravamo tutti seduti nell'angolo della cucina. Questa casa, come la maggior parte delle case del New

England, aveva una sala da pranzo formale, ma la usavamo raramente. A differenza di molte case, l'avevamo effettivamente mantenuta come sala da pranzo. Ai miei genitori piaceva occasionalmente organizzare grandi raduni lì, ma era dall'altra parte del corridoio. Non c'era nulla là dentro se non un tavolo e sedie massicci e una credenza per la porcellana.

La maggior parte dei pasti in famiglia venivano consumati qui in cucina. L'angolo cucina non era proprio un angolo perché la finestra a baia a tre lati offriva abbastanza spazio per un tavolo rotondo con sette sedie. La finestra si affacciava sul promontorio verso l'oceano. Una volta sistemati a tavola, guardai fuori dalla finestra, il mio respiro si fermò in gola.

L'Oceano Atlantico si estendeva in lontananza. Il sole non era direttamente visibile da qui, visto che la casa era rivolta a est. Tuttavia, il riflesso del sole al tramonto era glorioso con il cielo macchiato di arancio e viola mentre il sole faceva il suo inchino, lasciando un acquerello nella sua scia. I gabbiani richiamavano e volteggiavano sul promontorio mentre la luce serale svaniva.

Girandomi, colsi gli occhi di Liam su di me, e sentii le mie guance riscaldarsi leggermente. Quasi roteai gli occhi. Era molto meno scosso di me riguardo al nostro presunto destino. Aveva persino detto che pensava già che dovevo smettere di preoccuparmi.

Con una scossa, forzai la mia concentrazione sul momento. Non avevo bisogno di ossessionarmi sul mio destino. Per ora, stavamo cenando con gli occhi perspicaci di mia madre, mia zia e mio padre su di noi.

«Bene, cara», disse mia madre, «andiamo al sodo. Cosa mancava dal negozio?»

Raggiungendo la tasca dei miei jeans, tirai fuori il pezzo di carta dove avevo elencato le dieci pozioni mancanti. «Ecco qui. Ce n'erano in totale dieci mancanti, cinque coppie di due. Date un'occhiata e vedete se arrivate alla stessa conclusione che ho tratto io».

Mia madre e zia Lea erano sedute l'una di fronte all'altra ad angolo. Ognuna si chinò per guardarla. Alzarono lo sguardo quasi all'unisono, i loro occhi spalancati.

«Oh, mio Dio. Qualcuno sta cercando di reclamare potere», disse mia madre dolcemente.

«Dobbiamo sapere tutto il resto che è stato rubato», aggiunse zia Lea.

«Bene, cosa sappiamo al riguardo? Voglio dire, c'era un piano per tenerne traccia dopo la riunione al faro», dissi, guardando avanti e indietro tra mia madre e mio padre.

Mio padre, Gabriel Wicked, era tranquillo e dignitoso e tendeva a lasciare che mia madre facesse la maggior parte della conversazione. Quando parlava, la gente ascoltava. Appoggiandosi allo schienale della sedia dopo un morso di zuppa, socchiuse gli occhi. «Ho controllato la nostra biblioteca, e il libro di incantesimi che è scomparso è uno che qualcuno troverebbe utile se stesse cercando di reclamare potere per una famiglia che lo ha perso. Quanto al resto...» Le sue parole si spensero mentre guardava mia madre.

Mia madre alzò gli occhi al cielo. «Sappiamo cosa ci manca. Opal è passata oggi e mi ha informato su cosa gli manca, ma non ho sentito Nathan al faro. Stavo appena dicendo a Liam prima che dovrebbe davvero scendere qui e parlargli. Non abbiamo nemmeno sentito Albert Bishop da The Ink Spot. Ho la sensazione che abbiano sempre il naso leggermente fuori posto».

Guardando Liam, alzai un sopracciglio in segno di domanda. Sollevò una spalla in un'alzata di spalle, rispondendo alla domanda che non avevo posto ad alta voce. «Darò un colpo di telefono a Nathan stasera. Conosci Nathan. Non si preoccupa molto. Senza contare che non sono così sicuro che sappia cosa manca. Quel faro è come un museo personale», disse.

Zia Lea intinse un pezzo di pane nella sua zuppa, prendendo un morso e guardando intorno al tavolo. Dopo aver deglutito, annuì con enfasi. «È così vero riguardo al faro. Avremmo dovuto prestare più attenzione. Quel posto è... Beh, è qui da sempre. È così grande, ed è facile perdere traccia di ciò che c'è. Per non parlare del fatto che ci sono un'infinità di nascondigli. Andremo una volta che Nathan dice che va bene fare un inventario completo di ciò che resta e assicurarci di documentare effettivamente ciò che c'è. Penso che siamo stati tutti un po' pigri al riguardo perché niente del genere era successo per secoli».

Nessuno commentò ulteriormente su questo, ma i crimini che prendevano di mira le streghe erano stati al massimo storico durante la faida di cento anni tra i Wicked e i Good. Questo era stato messo a tacere una volta che l'incantesimo del matrimonio era stato lanciato. Da allora, non era successo molto per quanto riguarda le streghe che prendevano di mira altre streghe per rubare potere, o oggetti che detenevano potere.

La cena continuò, passando a argomenti più leggeri. Dopo che mio padre se ne andò per andare a bere un whisky nel suo studio e invitò Liam, rimasi in cucina ad aiutare mia madre e zia Lea a pulire.

Guardando zia Lea, chiusi la lavastoviglie e poi guardai da lei a mia madre. «Quindi qual è il piano con quei libri di incantesimi? Beh, i registri del negozio non sono proprio libri di incantesimi, ma in un certo senso lo sono. Sembra che dobbiamo mantenere una stretta sicurezza su quelli se qualcuno è interessato. Pensate che siano più sicuri qui o a casa tua?» chiesi, guardandole.

Zia Lea e mia madre si guardarono e poi entrambe alzarono le spalle. «Non credo che importi. Siamo entrambe abbastanza potenti da tenerlo chiuso, nascosto e protetto da quasi chiunque lo voglia. Sto pensando qui se non altro perché hai già abbastanza da fare», disse mia madre, il suo sguardo diventando sobrio quando parlò.

A parte un piccolo crollo emotivo qualche mese fa quando zia Lea finalmente rivelò che le era stato diagnosticato un cancro, se ne parlava raramente.

Zia Lea sbuffò e poi scosse la testa, i suoi occhi abbastanza luminosi da farmi chiedere se ci fossero lacrime lì. «Va bene. *Sto* migliorando, sai. La chemio sta funzionando anche se la odio», disse con un piccolo brivido.

Mia madre si avvicinò a lei e la tirò in un abbraccio veloce. «Lo spero. Non mi piace chiedere, e so che preferisci non parlarne, ma grazie per avercelo fatto sapere».

Zia Lea ci guardò. «Non importa cosa, assicuratevi di farci sapere quale incantesimo usate per nasconderla. In questo modo, se qualcosa va storto, Jacob può risalire alla sua fonte».

Aiutava sempre Jacob se sapeva cosa stava inseguendo. In questo caso, se sapeva cosa i miei genitori usavano per proteggere la scatola, avrebbe saputo cosa qualcuno dovrebbe fare per romperla.

Mia madre annuì fermamente. «Certo che lo faremo».

Afferrai un altro morso di pane mentre appoggiavo i fianchi contro il bancone. Mia madre guardò nella mia direzione, poi cambiò rapidamente argomento. «Allora, cara, come vanno le cose con Liam?»

Non mi preoccupai nemmeno di gemere in silenzio. «Oh, dai, mamma. Non potresti semplicemente lasciarci essere normali?»

Zia Lea appoggiò una mano sul fianco, i suoi braccialetti tintinnavano. «Cara, non puoi evitare il destino per sempre».

A quel punto, si allontanò. «Sto andando a casa. Ho promesso a Jacob che non sarei stata troppo tardi», chiamò. Con un cenno, la porta della cucina si chiuse dietro di lei, i tacchi dei suoi stivali che battevano sul pavimento echeggiavano nella sua scia mentre si faceva strada lungo il corridoio.

Mia madre semplicemente scosse la testa, si avvicinò al mio fianco e mi lasciò un bacio sulla guancia. «Buonanotte, cara. Per favore, lascia che Liam ti accompagni a casa».

A volte, mi sentivo come se vivessi nel passato. Non perché sembrava effettivamente così, ma per il modo in cui la mia famiglia si comportava. I fantasmi del passato tenevano il presente tra i denti nel mondo delle streghe, e immaginavo che sarebbe sempre stato così. Tutto passava attraverso i secoli con le streghe, e ogni azione aveva un significato.

Avevo cercato di scappare, ma mi ha raggiunto, e non mi importava più di fuggire. Il prezzo per quello era troppo alto.

Il mio destino mi aspettava, gustando un whisky nello studio con mio padre.

Andai a cercarlo.

CAPITOLO OTTO

Passarono alcuni giorni senza grandi novità sull'indagine. I miei genitori stavano ancora cercando di raccogliere informazioni su tutto ciò che era stato rubato. Avevano le informazioni di base, tranne che per gli oggetti di The Ink Spot e del faro, ma erano impegnati nel lavoro di tracciamento della provenienza. Alcune famiglie conservavano storie dettagliate degli oggetti intrisi di magia, mentre altre erano più negligenti al riguardo.

Nel frattempo, non ci furono nuovi furti, e non ebbi altri episodi in cui mi sentii come se qualcuno mi stesse seguendo quando uscivo dal negozio. Una mattina, andando al lavoro, mi fermai da Hardware Charm con una lista di articoli. Liam si era offerto di installare una porticina per Ghost nella mia dependance. Finora ci eravamo arrangiati lasciando una finestra aperta per Ghost. Aveva libero accesso alla proprietà tra casa mia, quella dei miei genitori e il vecchio cottage del custode dove Liam alloggiava quando non era con me. Considerando l'atteggiamento indipendente di Ghost, immaginavo che vagasse in lungo e in largo. Volevo un'opzione migliore rispetto a lasciare una finestra aperta, così che potesse entrare e uscire a suo piacimento.

Con la mia lista in mano, entrai in Hardware Charm. Per certi versi, il negozio sembrava essere rimasto congelato nel tempo. Come molte delle attività commerciali del centro, si trovava al piano terra di una vecchia casa. Scaffali di legno rivestivano le pareti con ordinate etichette scritte a mano. I proprietari avevano mantenuto i pavimenti originali in legno lucido. Un pigro ventilatore da soffitto girava lentamente in alto. Anche con il tempo più fresco dell'autunno, era ancora in funzione.

Mi feci strada attraverso il negozio con un piccolo cestino appeso al braccio, raccogliendo tutto ciò che Liam aveva messo sulla lista. Mentre esaminavo l'area dove chiodi e viti occupavano diversi scaffali, qualcuno pronunciò il mio nome. Guardando oltre la spalla, trovai Isobel Martin che si avvicinava.

Isobel sorrise, le sue guance rotonde si gonfiarono e gli occhi si incresparono agli angoli. Con i suoi capelli castani e gli occhi marroni, Isobel mi aveva sempre ricordato una piccola gallina bruna. Dubitavo che lei lo avrebbe apprezzato come complimento, ma pensavo fosse carina.

Era anche ficcanaso come pochi, quindi non dubitavo che stesse per rivelarmi qualche pettegolezzo. Di solito la assecondavo, se non altro perché serviva a mantenere buoni rapporti con Isobel. Era sempre una buona fonte di informazioni. Questa mattina, speravo anche che potesse avere qualcosa di utile. Con lei non servivano incoraggiamenti. Andava dritta al punto, e questa mattina non fece eccezione.

Fermandosi accanto a me con il suo cestino, si chinò vicino e parlò con un sussurro cospiratorio. «Allora, visto che il tuo negozio è stato una delle vittime...» Si fermò per creare effetto mentre riflettevo su come un'attività commerciale potesse essere vittima di qualcosa. «Ho una teoria.»

Si ritrasse, era il mio segnale per incoraggiarla a continuare. Adorava usare pause drammatiche. «Quale sarebbe, Isobel? Muoio dalla voglia di saperlo.»

«Beh, penso che siano state Sally e Rae.»

Sally e Rae, le gemelle Bishop, erano state le autrici involontarie dell'annegamento accidentale di Alvin. Le gemelle erano anziane, annoiate e, da sole, non erano le streghe più potenti. Eppure quando le gemelle univano le forze, tutto aveva più potere. Ricordai che Isobel aveva commentato con mio cugino a proposito di Sally e Rae, ma non ci avevo più pensato da allora.

Non avevo assolutamente idea del perché Isobel pensasse che fossero state loro. Ma l'avrei assecondata. «Cosa diavolo te lo fa pensare, Isobel?»

Appoggiò una mano sul fianco, stringendo le labbra e annuendo lentamente. «Beh, sai che sono state mortificate da tutto quello che è successo con Alvin. Voglio dire, oh mio Dio, è stato semplicemente ridicolo! Guarda tutte le persone che hanno preso di mira nei furti. Erano tutte persone che hanno aiutato a risolvere il loro crimine. Hanno ottenuto due risultati», disse, sollevando l'indice e puntandolo dritto verso il soffitto. «Uno, è stato un modo per vendicarsi delle persone. E due...» Il suo secondo dito si alzò, nel caso non sapessi contare. «È un modo per distogliere l'attenzione da loro. Ammettiamolo. Erano in un triangolo amoroso e hanno ucciso il loro amante. Voglio dire, sono passati mesi e la gente ne parla ancora. Sono assassine», sussurrò ferocemente, con gli occhi spalancati, quasi vibrando per lo scandalo percepito.

Non potei fare a meno di sentirmi incline a correggerla. «Isobel, sono state accusate e condannate per atti vandalici e morte accidentale. Sai che non intendevano ucciderlo, vero?»

Sarei stata la prima ad ammettere che non era giusto cercare di ferire qualcuno nel modo in cui Sally e Rae avevano fatto con Alvin. Isobel aveva proprio ragione sul fatto che fosse lo scandalo del decennio a Charm Cove - due gemelle che si intrattenevano con un anziano sposato che avevano accidentalmente ucciso con un incantesimo d'inciampo. Sì, era succoso, ma non avevano pianificato di uccidere il povero Alvin.

Imperterrita, Isobel sospirò e alzò una spalla in un'alzata di spalle prima di abbassare finalmente le due dita che teneva sollevate. «Il risultato è stato lo stesso. So che è stato un incidente, ma cavolo, quelle due donne hanno ucciso il loro amante. Chi lo sa? Forse facevano anche un triangolo amoroso e semplicemente non lo sappiamo.»

Dovetti mordermi l'interno delle guance per non ridere. Dopo un momento e un respiro profondo, riuscii a mantenere un'espressione seria. «Beh, suppongo che questi siano potenziali moventi. Forse dovresti parlarne con Daniel», suggerì.

Non pensavo che quei moventi avessero molto peso, ma ero disposta ad assecondarla. Avevo abbastanza di cui occuparmi da non aver bisogno di essere io a portare questo a Daniel.

Isobel sorrise raggiante. «Hai ragione», disse, chinandosi di nuovo verso di me. «Andrò subito a parlare con lui appena finisco qui.»

«Fallo pure. Potresti essere sulla pista giusta.»

In ogni caso, questo l'avrebbe fatta sentire importante. Qualsiasi cosa che la mantenesse loquace con me andava benissimo. Isobel si affrettò via, e io tornai a cercare i materiali per la porticina di Ghost.

———

Più tardi quel pomeriggio al negozio, una delle gemelle attraversò la tenda di perline verso il retro. Credere o no, ero stata occupata a preparare alcune pozioni. Non era qualcosa che facevo spesso perché ne avevamo certamente più che abbastanza, ma dovevamo rifornirne alcune particolarmente popolari, la maggior parte filtri d'amore.

«Moira!» chiamò Delia.

Guardandola, chiesi: «Sì?»

«Isobel Martin è qui per vederti. Dice che è davvero importante», spiegò Delia, agitando le sopracciglia con un sorriso.

Anche se le gemelle erano felici di spettegolare, conoscevano la reputazione di Isobel e la trovavano divertente.

Versai una piccola quantità del filtro d'amore che stavo preparando in una piccola bottiglia di vetro blu e avvitai con attenzione un tappo prima di alzarmi. «Sto arrivando», risposi mentre la tenda di perline tintinnava dolcemente dietro Delia quando tornò davanti.

Trovai Isobel nell'angolo vicino ai gioielli. Veniva spesso a comprare anelli e braccialetti portafortuna. Isobel era una strega anche lei, ma la sua famiglia non aveva molto potere. La maggior parte dei membri della famiglia era piuttosto svampita, quindi non avevano avuto la disciplina per affinare le loro abilità e diventare più potenti.

«Cosa posso fare per te, Isobel?» chiesi avvicinandomi a lei.

Alzò lo sguardo dalla vetrina dei gioielli dove si trovava. «Ciao, Moira», disse allegramente prima di guardare intorno al negozio come per accertarsi di chi potesse ascoltare.

Celia stava servendo un cliente nella sezione salute e bellezza mentre Delia era dietro il bancone a gestire la cassa. Non eravamo troppo affollati al momento.

Isobel mise una mano sul fianco, abbassando la voce. «Beh, ho parlato con Daniel.»

«Oh, davvero?»

Annuì lentamente, chiaramente compiaciuta di sé. «L'ho fatto. Mentre pensava che le mie idee sui potenziali moventi fossero molto buone, ha fatto notare che sono in libertà vigilata. Sai, per l'omicidio?»

Come se avessi potuto dimenticarlo nel breve tempo da quando l'avevo vista questa mattina. «Quindi hanno i braccialetti alla caviglia. Non lo sapevo nemmeno», disse, chiaramente compiaciuta di aver scoperto questo dettaglio.

Non avevo considerato quel dettaglio prima, anche se non avevo nemmeno speso molto tempo a pensarci. Eppure, dato che i loro braccialetti di monitoraggio avrebbero fatto sapere a Daniel se fossero state in uno dei luoghi dei furti, le escludeva chiaramente come sospette.

«Non ci avevo nemmeno pensato. Daniel ha ragione. Voglio dire, non possono essere state loro dal momento che la loro posizione è monitorata.»

Isobel annuì con fermezza. Nonostante Daniel avesse prontamente demolito la sua teoria, questo chiaramente la faceva sentire coinvolta.

«Comunque, so che tieni d'occhio le cose, quindi se pensi a qualcos'altro, dovresti farlo sapere a qualcuno», suggerii.

«Oh, assolutamente.»

«C'è qualcos'altro con cui posso aiutarti nel negozio?» chiesi.

«Adoro questo anello proprio qui», disse, girandosi per chinarsi sulla vetrina dei gioielli e picchiettando sul vetro. Un anello d'argento piuttosto vistoso con un rubino era al centro della vetrina.

«Vuoi provarlo?»

Sorrise ampiamente. Feci il giro della vetrina e lo tirai fuori per farglielo provare. In poco tempo, usciva dal negozio con il suo nuovo anello che brillava sulla sua mano. Dopo che se ne fu andata, tornai sul retro per finire le pozioni che stavo preparando.

Circa mezz'ora prima della chiusura, Celia entrò di corsa nel retro, con la tenda di perline che tintinnava dietro di lei. «Moira! Devi venire davanti», sussurrò ad alta voce.

C'era un accenno di preoccupazione nel suo tono. Posando l'ultima bottiglia di pozione che avevo riempito per oggi, mi girai verso di lei da dove sedevo al tavolo da lavoro. «Cosa succede?»

«C'è una signora davanti», sussurrò. «È la stessa signora che abbiamo visto l'altro giorno, quella con la targa del New Hampshire.»

«Ok, e...?» chiesi mentre mettevo il tappo sulla bottiglia e lo aggiungevo alla rastrelliera delle pozioni finite.

«Beh, sta guardando le bacchette. Voglio dire, tipo, le sta guardando da molto tempo.» Celia stava ancora parlando con un sussurro forte, con gli occhi spalancati e le parole che uscivano rapidamente. «Sta facendo un sacco di domande. È come se pensasse che siano davvero magiche. Cosa dovremmo fare?»

«Continua a fare quello che stai facendo. Verrò davanti tra un attimo. Tienila occupata, così non se ne va», dissi mentre Celia si allontanava. Mi fece un piccolo cenno con la mano e poi tornò di corsa davanti.

Stavo comunque per finire per oggi. Attaccai le ultime due etichette sulle bottiglie blu per *L'Amore Ti Troverà*, una delle nostre pozioni più popolari. Dopo aver riposto tutto e sciacquato rapidamente le mani nel lavandino, tornai davanti.

La donna in questione stava parlando con Delia nella sezione dove avevamo una serie di oggetti decorativi in legno. Questa sezione includeva corone di preghiera, portaincensi, bacchette e altro. La donna indossava jeans con una maglietta larga abbinata a scarpe nere di pelle pesanti e emanava un'aria pratica, con i piedi per terra. Quando si girò a guardarmi, i suoi occhi mi colpirono istantaneamente. Sentii un'ondata di riconoscimento nel mio corpo, quel familiare formicolio che mi saliva lungo la schiena e mi scendeva lungo le braccia fino a pizzicare nelle punte delle dita.

Non importa chi fosse, aveva i chiari occhi azzurri di un Good. Potrebbe non *essere* un membro della famiglia allargata Good in senso tecnico, eppure non avevo dubbi che almeno un membro della famiglia Good esistesse da qualche parte nel suo albero genealogico. Avrei riconosciuto quegli occhi ovunque. Non vidi alcun barlume di riconoscimento nel suo sguardo quando mi vide. Sorrise semplicemente educatamente.

Delia le disse qualcos'altro sulla bacchetta che aveva in mano, e la donna la guardò di nuovo con un sorriso. Si girarono per camminare verso la cassa dove Celia stava aspettando. Entrambe le gemelle avevano occhi luminosi e guance rosa e vibravano di curiosità. Guardandole, mi resi conto che dovevo parlare con loro di lavorare per rimanere calme quando si eccitavano per qualcosa. Erano molto entusiaste di scoprire chi fosse responsabile dei furti e ne parlavano incessantemente ogni volta che avevano un momento libero.

Quando la donna si avvicinò alla cassa, la salutai. «Salve, come sta? Spero che abbia trovato tutto ciò di cui aveva bisogno.»

«Oh, sì, grazie mille. Adoro questo piccolo negozio. Sono venuta anche la settimana scorsa.»

«Beh, ci fa piacere sentirlo. È di queste parti?» chiesi in risposta.

«Non proprio. Ho ereditato una casa vacanze qui da un familiare, quindi sono venuta per un mese. Ero tra un lavoro e l'altro, quindi sembrava un buon momento per venire a vedere la casa.»

«Oh, dove si trova la sua casa?» chiesi. «Non per essere ficcanaso, ma siamo del posto e ci piace far sentire tutti i benvenuti. Ci piace particolarmente sapere quando nuove famiglie stanno tornando in città.»

La donna annuì, aggiustando gli occhiali sul naso. Aveva capelli scuri corti con qualche ciocca argentata. La sua corporatura era snella e i suoi lineamenti erano marcati, il naso quasi appuntito. Nonostante la severità del suo aspetto, era bella.

«Non ero mai stata in quella casa fino a quando sono venuta la settimana scorsa. Una delle cugine di mia madre la possedeva, ma non ha mai avuto figli, quindi quando è mancata, ha lasciato la casa a me. È stata una completa sorpresa. Per quanto ne so, nessuno della famiglia è stato nella casa da quando lei era una bambina, il che risale a più di cinquant'anni fa. Quindi eccomi qui.»

«Se non le dispiace che glielo chieda, dove si trova la casa?» chiesi, incrociando le dita dietro la schiena e sperando che non le dispiacesse rispondere alle mie domande.

Sorrise mentre posava due bacchette e alcuni altri oggetti sul bancone. Celia iniziò immediatamente a registrarli e le chiese se voleva qualcosa impacchettato.

«Oh, sì per favore. Basta carta velina per proteggerli», rispose. Guardandomi di nuovo, rispose alla mia domanda. «È la grande vecchia casa rossa sulla scogliera oltre la città. Vicino al faro, in effetti. Mi sono un po' preoccupata la settimana scorsa quando ho sentito di quei furti, ma finora tutto sembra a posto. È stata vuota per molto tempo, quindi ha bisogno di molti lavori. Da quello che abbiamo potuto scoprire, la cugina di mia madre veniva qui in estate con i suoi genitori. Sono morti quando lei era una bambina, e fu mandata a vivere con un altro parente. Se qualcuno sapeva della casa, nessuno l'ha usata.»

«Oh», dissi, mordendomi la lingua per evitare di tempestarla di domande. Le rotelle giravano nel mio cervello.

L'unica vecchia casa rossa che conoscevo vicino al faro era, si diceva, una delle prime case di Charm Cove. Era, infatti, rimasta vuota per tutto il tempo che potevo ricordare. Tutti presumevano che originariamente fosse appartenuta a una famiglia di streghe. Se questo era vero, significava che questa donna potrebbe essere discendente da streghe. Non avevo idea se lei avesse qualche indizio della sua potenziale storia familiare.

Nonostante il mio sospetto originale della settimana scorsa quando avevamo sentito parlare di questa donna, non percepivo nulla di strano in lei. Sembrava abbastanza innocua, ma d'altronde l'avevo appena conosciuta.

Celia incrociò il mio sguardo, dovendo interromperci per finire di registrare gli acquisti della donna. Annuii, restando in silenzio mentre Celia le dava il totale, e lei pagava. La donna aveva scelto due bellissime bacchette, entrambe senza magia infusa. Non appena Celia consegnò gli oggetti a Delia per portarli nel retro per impacchettarli, la seguii e rapidamente lanciai un incantesimo di eliminazione su di essi prima di sostituirne una con un'altra dal retro. Per sicurezza, se quelle bacchette avessero mai contenuto magia, questo l'avrebbe annullata.

Delia guardò oltre la spalla. «Cosa stai facendo?» chiese.

«Mi assicuro che non ci sia assolutamente nessuna magia rimasta in quelle e controllo questa per capire perché era così interessata. Vi adoro ragazze, ma è risaputo che occasionalmente fate scherzi con le bacchette. Non vi sto accusando di nulla. Sto solo giocando sul sicuro.»

Delia ridacchiò e si strinse nelle spalle. «È vero. Non credo che abbiamo mai fatto niente con queste, ma è meglio controllare, giusto per sicurezza.»

«Finirò tutto qui dietro, ok?»

Delia annuì mentre finiva di avvolgere la carta velina attorno alle bacchette, poi le mise in un sottile sacchetto di carta decorativo.

«Vai avanti e prepara tutto per la chiusura», gridai poco prima che uscisse.

Presi rapidamente la decisione di usare la magia per entrare nella casa di questa donna, preferibilmente prima che lei tornasse a casa. Guardando l'orologio sopra la porta, vidi che mancavano cinque minuti alla chiusura.

Chiamai rapidamente Emma per confermare che stava venendo a prendere le sue due sorelle minori.

«Sono già parcheggiata davanti», disse con una risata. «Qual è la fretta?»

«Beh, quella donna del New Hampshire è qui, e ho appena scoperto dove alloggia. Penso che streghe possedessero quella casa una volta, quindi andrò a fare qualche indagine.»

Emma trattenne il respiro. «Dici sul serio?»

«Certo che sono seria. Non preoccuparti, andrà tutto bene. Se non ti dispiace entrare ora, puoi aiutare le ragazze a chiudere. Poi io andrò avanti.»

Sentii la portiera della sua auto che sbatteva mentre mormorava: «Accidenti, sei pazza.»

In pochi secondi, sentii il campanello tintinnare sopra la porta d'ingresso, le ragazze che parlavano ancora con la donna davanti.

Emma entrò dal retro. «Non posso credere che tu stia facendo questo, ma sono qui.»

«Sai come chiudere, vero?»

Emma alzò gli occhi al cielo. «Certo che so come chiudere. Abbiamo lavorato qui insieme per tutto il liceo. Se non pensi che mia madre non mi abbia fatto sostituirti ogni tanto mentre eri via, beh, allora sei ancora più pazza di quanto pensassi.»

Ridacchiai. «Certo. Qualsiasi cosa tu faccia, non dire a Celia e Delia quello che sto facendo, ok?»

Questo mi valse un altro alzarsi di occhi. «Certo che no. Quelle due non hanno la minima idea di come tenere la bocca chiusa.» A quel punto, mi fece un rapido cenno con la mano e si girò per tornare davanti.

Feci un respiro profondo, concentrai il mio potere, e poi creai un vortice di fumo, mirando esattamente dove volevo andare. Quando il fumo si diradò, mi trovavo al piano superiore della vecchia casa. Era silenziosa e aveva un senso di vuoto come se nessuno fosse stato qui da troppo tempo.

Controllai rapidamente il piano di sopra, trovando sei camere da letto completamente vuote, senza nemmeno un solo mobile. Una camera da letto si trovava alla fine del corridoio, che presumevo fosse la camera padronale, e conteneva un singolo letto e un tavolo da carte pieghevole accanto. Una cassettiera era stata spinta contro il muro di fronte al letto. Nella stanza grande e cavernosa, i miei passi risuonavano forti sul pavimento mentre camminavo.

Supposi che Abby stesse usando questa come sua stanza. Non sapevo quanto tempo avessi per curiosare, ma immaginavo che il viaggio dal centro fosse di circa quindici minuti. Scesi di corsa le scale, i miei passi che echeggiavano. La casa era una bella vecchia villa coloniale. I pavimenti in legno duro brillavano sotto la luce proiettata dalle alte finestre. Il sole stava tramontando dietro la casa con strisce di arancione, rosso e oro dal cielo che si riflettevano sui pavimenti. Le pareti erano dipinte di un morbido color crema con perlinature che arrivavano a metà e decorazioni in rilievo al bordo del soffitto. La casa si affacciava sull'oceano, offrendo una splendida vista.

Era un miracolo che nessuno della famiglia avesse reclamato questa casa per tutti quegli anni. A parte qualsiasi riflessione sul potere delle streghe, chiunque avrebbe potuto ottenere un bel gruzzolo per questa casa se l'avesse venduta. Come la maggior parte delle case originali in questa zona, a meno che la proprietà non fosse stata suddivisa, Abby ora possedeva una buona cinquantina di acri o più direttamente sull'Oceano Atlantico. Parliamo di immobili di prima scelta.

Il New England era stato densamente popolato anni fa, con molte delle splendide proprietà acquistate prima che qualcuno sapesse quanto sarebbe diventata preziosa qui la proprietà costiera. Trovare un pezzo di terra come questo, beh, era come trovare un diamante mentre cammini su una strada sterrata.

Il piano inferiore aveva una scala centrale curva nella parte anteriore, che conduceva a un atrio. Simile alle planimetrie della maggior parte delle case coloniali in questa zona, un lato del piano inferiore includeva la cucina e la sala da pranzo, e l'altro un salotto formale e una sala meno formale. Un grande portico correva attraverso la larghezza della casa sul retro.

Non sembrava che Abby passasse molto tempo nel lato del soggiorno del piano inferiore. L'unica area che aveva un senso di presenza al piano inferiore era la cucina e la sala da pranzo. Simile alla casa dei miei genitori, questa casa aveva una grande finestra a bovindo in cucina con un angolo che si affacciava sull'oceano. La sala da pranzo offriva una spettacolare vista simile. Nulla suggeriva che qualcun altro fosse stato qui, quindi ero abbastanza certa che fosse solo lei.

Sentendo la ghiaia che scricchiolava sotto pneumatici, mi affrettai a tornare di sopra, sperando di nascondermi e ascoltare. Era tornata prima di quanto mi aspettassi, ma potevo facilmente sparire senza lasciare tracce. Mi precipitai in quella che sembrava essere la vecchia stanza dei bambini e mi nascosi in un armadio. Ascoltai mentre i suoi passi entravano. Il suono di essi echeggiava attraverso le assi del pavimento mentre lei camminava in cucina e poi saliva le scale.

Come mi sarei aspettata, i suoi passi passarono oltre la stanza dei bambini ed entrarono nella camera padronale. Proprio quando stavo iniziando a pensare che questo fosse un po' sciocco, lei fece una telefonata.

Fortunatamente, in queste vecchie case, specialmente quelle che non erano state aggiornate, i muri erano così sottili che era facile sentire attraverso di essi. Senza mobili, tappeti o tende di stoffa per attutire la sua voce, potevo sentirla chiara come una campana.

«Ehi», disse Abby a chiunque fosse in linea.

Ci fu un momento di silenzio, e poi parlò di nuovo. «Ora ho quattro bacchette. Non so cosa pensi che sarò in grado di fare con esse, però.»

Un altro silenzio, e avrei dato qualsiasi cosa per sentire chiunque fosse all'altro capo della chiamata.

«Pensi davvero che io sia effettivamente una strega?»

Le mie orecchie si drizzarono così tanto a questo punto che quasi vibravano.

Un altro lungo silenzio.

«Beh», disse, con un tono scettico. «Posso restare per altre poche settimane, ma poi devo tornare a casa. Per quanto riguarda la casa, come ti ho detto, è bellissima.»

Le pause mi stavano uccidendo.

«Non sono interessata a prendere una decisione sulla vendita in questo momento. So che vale molti soldi. Solo il terreno lo è, ma vorrei un po' di tempo per decidere cosa voglio farne. Inoltre, come ti ho detto, penso che qualcuno sia entrato qui e abbia frugato in soffitta. Non so se sia intelligente dire qualcosa alla polizia.»

Dio, avrei dato praticamente qualsiasi cosa per sentire cosa veniva detto dall'altra parte.

«Ok, è quello che pensavo. Con il fatto che sono nuova qui e tutti questi furti, non voglio attirare l'attenzione su di me.»

Un'altra maledetta pausa.

«No, sono abbastanza sicura che la casa non sia infestata, e niente di magico è conservato qui. L'intero posto era quasi vuoto.»

Le mie orecchie sarebbero cadute se fosse continuato così.

Mentre parlava, sentii i suoi passi muoversi, e poi, guarda un po', stava dando al suo interlocutore una descrizione di ogni stanza. Immaginai che fosse meglio fare la mia uscita mentre era sicuro. Non volevo che rimanessero tracce di fumo residue per il momento in cui sarebbe arrivata qui.

Per quanto volessi rimanere e sentire cos'altro aveva da dire, chiusi gli occhi, restrinsi la mia concentrazione, e poi feci girare del fumo intorno a me mentre facevo la mia uscita. Nel mio ritorno, mi portai nel bagno di Niente Incantesimi & Regali. Immaginai che le ragazze fossero ormai andate via, e in questo modo, sarei stata vista uscire dal negozio come al solito.

Camminando attraverso la piazza pochi istanti dopo, una raffica di vento soffiò, mandando un turbinio di foglie attraverso l'aria al crepuscolo-macchie di arancione, rosso e giallo brillanti contro l'imbrunire mentre si spargevano sulla strada.

CAPITOLO NOVE

Quella sera, aggiornai Liam sulla mia visita a casa della donna. Con Ghost che ci osservava dalla sua postazione sul tavolino e la televisione accesa a volume basso in sottofondo, Liam socchiuse gli occhi guardandomi.

«Ah, quindi adesso ti materializzi nelle case degli sconosciuti?»

Un angolo della sua bocca si sollevò in un sorriso. Il suo sorriso ebbe su di me l'effetto consueto, inviando una vampata di calore attraverso il mio ventre, ma per il momento lo ignorai.

«Be', ho pensato fosse il modo più veloce per vedere cosa stava succedendo. Nessun danno, nessuna colpa. E poi, ho scoperto che lei pensa che qualcuno possa essere entrato in casa sua», spiegai.

Rimase in silenzio per qualche istante, poi scosse lentamente la testa. «Stai attenta, Moira».

«Sapevo che non era in casa, quindi pensavo di avere tempo, e infatti ce l'avevo». Sentii una fitta di irritazione nei suoi confronti. Non apprezzavo essere messa in guardia da qualcosa che avevo ovviamente gestito perfettamente.

«Beh, cerca solo di stare attenta».

«Va bene», dissi infine. «Comunque, dobbiamo scoprire la storia di quella famiglia. Si chiama Abigail Proctor. Si è presentata come Abby».

«E allora come fai a conoscere il suo cognome?»

«Perché era sulla sua carta di credito», dissi con una scrollata di spalle. «Cosa sappiamo di quella famiglia? Quella casa è rimasta vuota per quanto io ricordi. Ci sono molte case qui intorno che le persone usano come residenze estive, quindi non è insolito, ma quella è rimasta semplicemente lì. Nessuno viene nemmeno d'estate».

Liam annuì, con uno sguardo pensieroso. «Lo so. Non ci avevo pensato molto. È abbastanza lontana dalla strada da non essere visibile, quindi è facile dimenticare che sia lì. Chiederò ai miei genitori. Tu dovresti sicuramente chiedere ai tuoi. Con tua madre che gestisce la sua società di gestione immobiliare, deve avere un'idea di chi la possiede e se l'hanno mai affittata». Al mio cenno, continuò: «Cosa ha comprato nel negozio?»

«Due bacchette diverse e dei gioielli. Niente di insolito, ma era molto curiosa riguardo alle bacchette e ha fatto un sacco di domande a Delia. In realtà ne ho scambiata una solo per darle un'occhiata migliore».

Mi alzai dal divano e andai al bancone della cucina, prendendo la bacchetta che avevo posato lì quando ero tornata a casa. Quando la portai al divano, la posai sul tavolino, e Ghost iniziò immediatamente a esaminarla, annusandola e toccandola leggermente con la zampa. Ghost era decisamente un gatto a sé.

Liam se ne accorse, guardandomi e inarcando un sopracciglio.

«Sì, lo so», dissi. «L'ha già annusata prima. Pensavo che l'avrebbe marcata o qualcosa del genere».

«C'era della magia dentro?» chiese Liam.

«Solo un tocco. Di tanto in tanto, vendevamo bacchette con un po' di magia, solitamente incantesimi benigni. Questa era stata incantata con un incantesimo di ricerca. Normalmente, non avrei avuto problemi a lasciarla andare perché era un incantesimo debole che si sarebbe esaurito nel giro di pochi giorni, ma con tutto quello che era stato sottratto, non volevo che nessun oggetto incantato uscisse dal negozio. Dovrei assicurarmi di controllare il negozio per eventuali oggetti rima- nenti con magia ed eliminare gli incantesimi».

«Un tocco di cosa?»

«A malapena un incantesimo di ricerca. Ma con ciò che è stato preso dal negozio, sembra che qualcuno stia cercando di recuperare la magia. Sono curiosa di sapere se tutto il resto punta nella stessa direzione. Domani mattina passerò dai miei genitori prima di andare al lavoro perché stavano facendo l'inventario di tutto insieme a Opal e Theo. E poi, devo aggiornarla sul pomeriggio di oggi».

Liam annuì. Non saprei dire perché, ma sembrava che il fatto che mi fossi trasportata in quella casa lo infastidisse. E mi infastidiva che lo infastidisse.

Socchiusi gli occhi, osservandolo, poi decisi di chiederglielo direttamente.

«Senti, capisco che potresti essere arrabbiato se stessi davvero scassinando delle case, ma stavo solo cercando di vedere cosa stesse succedendo. Perché sei così preoccupato?»

Liam sostenne il mio sguardo, i suoi occhi si oscurarono per un momento. Con un brusco scuotimento della testa, sospirò, mettendosi il viso tra le mani e passando le dita tra i capelli. Quando sollevò la testa, lo sguardo nei suoi occhi fece accelerare il mio polso. Conoscevo quello sguardo, ma non l'avevo visto da prima che facessi saltare la nostra relazione per gelosia.

Quello che avevamo avuto al liceo sembrava sciocco col senno di poi, eppure era stato certamente intenso. Quando eravamo esplosi, avevo deciso di fare del mio meglio per lasciarmi il mio destino alle spalle. Figuriamoci.

Stavamo facendo questi passi tentativi l'uno verso l'altra, girando con cautela. Suppongo che se avessi avuto un minuto per me stessa, avrei potuto notare che lui era cauto con me tanto quanto io lo ero con lui.

Proprio ora, con quello sguardo nei suoi occhi, per un attimo, ricordai com'era stato tra noi prima e mi augurai di essere stata abbastanza matura da mantenere il controllo.

«Non sono arrabbiato, Moira», disse finalmente. «Mi preoccupo per te. Voglio dire, qualcuno ti ha seguita l'altra notte, ed è piuttosto spaventoso». Fece una pausa come se stesse considerando le sue parole prima di scuotere nuovamente la testa e continuare. «Sei sempre stata il tipo di strega che faceva quello che voleva. Non voglio che tu pensi che io ce l'abbia ancora con te per quello che è successo perché non è così, ma... beh, sai cosa intendo», disse con una risatina sommessa.

«Certo, intendi quando ho accidentalmente dato fuoco a un edificio perché ero gelosa?»

Con un sorriso ironico, annuì prima che la sua espressione diventasse seria. «Non conosco questa Abby. Non so davvero cosa stia succedendo, nessuno di noi lo sa, ma voglio solo che tu stia attenta. Tutto qui. Se potessi fare quello che fai tu, ti chiederei solo di portarmi con te. Ma quella non è la mia magia».

Sbalordita dalle sue parole, lo fissai semplicemente. Non avevo pensato molto a quanto potesse tenere a me. Ero stata troppo occupata a cercare di tenere a bada i miei sentimenti.

Il mio petto si strinse e il respiro divenne superficiale. Subito dopo il mio respiro profondo, Ghost saltò opportunamente sul divano tra di noi, con le fusa rimbombanti. Gli grattai il mento mentre sostenevo lo sguardo di Liam. «Ok, ho capito. Non farò niente senza che qualcuno lo sappia. L'ho fatto d'impulso perché lei era in centro, e ho pensato di avere una possibilità di entrare nel posto mentre era via. L'ho detto a Emma», offrì con un piccolo sorriso.

«So perché l'hai fatto, e non posso immaginare che tu non lo faccia, ma stai solo attenta. Chiederò ai miei genitori cosa sappiamo della famiglia che possedeva quella casa, e tu fai lo stesso. Per caso sai se qualcuno ha capito cosa è scomparso dal faro?» chiese, spostando efficacemente l'argomento da noi.

«No. Domani incontrerò mia madre per un caffè e avevo intenzione di chiedere. So che lei e zia Lea avevano in programma di parlare con Nathan. Nathan ha qualche idea?»

Appoggiandosi ai cuscini, Liam allungò il braccio sullo schienale del divano. Le sue dita si infilarono tra i miei capelli, facendomi attraversare da un sottile brivido. «No. Nathan è un brav'uomo, ma non credo abbia fatto un inventario quando ha iniziato a gestire il faro».

«Beh, dobbiamo solo continuare a cercare. Tra tutti noi, scopriremo chi è il responsabile e cosa voleva».

Catturò il mio sguardo, il calore nei suoi occhi mi tolse il respiro.

«Lo faremo», disse, la sua voce roca mi inviò una scossa di calore.

Le sue parole sembravano avere più di un significato.

CAPITOLO DIECI

La mattina seguente, mi sedetti di fronte a mia madre al Magic Beans. Mia madre aveva i capelli intrecciati in una treccia, con le ciocche argentate che sembravano quasi una decorazione tra i suoi capelli scuri. I suoi occhi verdi si incresparono agli angoli mentre mi sorrideva.

«Buongiorno, cara», disse, bevendo rapidamente un sorso del suo caffè. «Lea dovrebbe essere qui a momenti. Come vanno le cose al negozio?»

«Oh, sai, come sempre. Sempre pieno di clienti. Volevo incontrarvi perché...» Le mie parole si interruppero quando sentii la voce di zia Lea dall'altra parte della caffetteria. Girandomi, la vidi che ci salutava con la mano.

Era l'immagine dell'eleganza con una gonna aderente che si allargava alle caviglie. Oggi indossava stivali pratici e una blusa bianca fluente. I capelli erano raccolti in uno chignon e gli occhiali erano spinti sopra la testa.

«Aspetterò finché non arriva qui», dissi a mia madre, sapendo che questo mi avrebbe risparmiato di dover ripetere tutto.

«Certo». Mia madre salutò con la mano un'altra donna che passava e che non riconobbi. Mia madre lesse la domanda nei miei occhi, rispondendo prima che avessi la possibilità di chiedere. «È la cugina di

Opal Good. È in visita dall'estate. Non posso credere che non l'abbia ancora conosciuta».

Alzai le spalle. La realtà era che il mondo delle streghe aveva famiglie così estese che era quasi impossibile tenere traccia di tutti quelli che passavano per Charm Cove.

Zia Lea si unì a noi, chinandosi per darmi un abbraccio profumato al rosmarino prima di sedersi con grande gesto. «Oggi ho *proprio bisogno* di questo caffè», esclamò. Bevve un sorso e poi sospirò, concentrando immediatamente la sua attenzione su di me. «Ok, andiamo subito al punto. Emma ha menzionato dove sei andata ieri pomeriggio, e le gemelle morivano dalla voglia di sapere perché te ne sei andata presto».

Dopo un abbondante sorso del mio caffè, raccontai rapidamente gli eventi del pomeriggio precedente. «Così ho aspettato nell'armadio della nursery. Ho pensato che se avessi dovuto fare una fuga veloce, quella sarebbe stata una buona opzione. Lei ha finito per fare una telefonata. Forse per la prima volta nella mia vita, sono stata contenta che ci fossero pareti sottili nelle vecchie case qui intorno. Ovviamente non so con chi stesse parlando, ma hanno sicuramente parlato delle bacchette che ha preso dal negozio e se la casa fosse infestata. Ha anche accennato che pensava che qualcuno fosse entrato in casa, e sembrava che le stessero chiedendo se avesse intenzione di vendere la casa. Vorrei aver potuto sentire le loro domande, ma non potevo. Ho chiesto a Liam di parlare con i suoi genitori per scoprire qualcosa sulla famiglia che possedeva quella casa. Abby ha detto di averla ereditata dal cugino di sua madre che non ha mai avuto figli. Per quanto ne so, nessuno è stato lì per anni. Sai se qualcuno è mai venuto lì per l'estate? O se l'avete mai affittata a qualcuno?» chiesi, guardando mia madre.

Mia madre scosse fermamente la testa. «Assolutamente no. Fidati, chiunque in Maine che lavori nel settore immobiliare costiero sa che quella proprietà è rimasta vuota per decenni, ma ogni volta che facevo delle richieste, non ricevevamo risposta. Per quanto riguarda se qualcuno sia venuto per l'estate, è stato...» Si fermò, guardando sua sorella.

Zia Lea tamburellò con le unghie sul tavolo e inclinò la testa di lato. Lei e mia madre annuirono simultaneamente. «Eravamo solite andare a giocare lì ogni tanto d'estate quando eravamo bambine», disse lentamente. Sebbene Lea fosse la cognata di mia madre, erano cresciute come migliori amiche nella piccola città di Charm Cove. Il matrimonio di mia madre con mio padre, il fratello maggiore di Lea, aveva cementato la loro sorellanza.

«Non credo che siamo state lì da quando avevamo dieci anni», aggiunse mia madre.

Zia Lea annuì lentamente, con lo sguardo distante. «Non credo che siamo mai entrate in casa, però. Giocavamo solo sulla spiaggia quando i bambini uscivano in estate. Dovrò pensarci molto intensamente per ricordare persino i loro nomi».

«Beh, se voi due avete sessant'anni...» Lasciai cadere la frase quando i loro sguardi penetranti si rivolsero verso di me.

Zia Lea inarcò un sopracciglio. «Cara, sto sconfiggendo il cancro proprio qui davanti a te. L'età non significa nulla per me».

Anche mia madre sembrava leggermente offesa, ma si limitò a stringere le labbra.

Continuai. «Intendevo dire che sono probabilmente passati cinquant'anni da quando qualcuno è stato lì, ma dovremmo chiedere in giro senza farne un caso. Quando Delia ha annotato il numero di targa l'altro giorno, ho chiesto a Daniel di controllarla. Passerò a parlare anche con lui. Devo dirgli cosa ha detto lei riguardo a qualcuno che potrebbe essere entrato lì. Cosa avete in programma oggi voi due?» chiesi. Era domenica, quindi per me era un raro giorno libero.

«Andiamo al faro. Nathan ci aspetta lì per farci entrare. Ha detto che possiamo girare liberamente per tutto il tempo che ci serve», offrì mia madre.

«Perché non vengo con voi?»

Ero piuttosto curiosa riguardo al faro, se non altro perché amavo i luoghi antichi. Il faro aveva quasi trecento anni ed era alimentato dalla magia.

«Vieni pure. Ho persino lasciato un messaggio a Emma per vedere se ci avrebbe raggiunto lì. Se la chiami tu, è più probabile che venga», disse zia Lea con una risatina.

«Cosa sappiamo del cognome Proctor?» chiesi, tornando all'argomento sulla donna che aveva ereditato la casa estiva qui.

«Beh, i Proctor sono sicuramente un'antica famiglia di streghe. Ci furono alcuni Proctor che vennero da Salem. Non quando la nostra famiglia si stabilì qui, ma qualche anno dopo. Un Proctor fu coinvolto nei processi alle streghe e venne giustiziato. Come molte famiglie, hanno parenti in tutto il New England. Immagino che questo abbia influenzato la famiglia e forse la macchia di quel periodo ancora persiste», disse mia madre.

«Mamma, tutti quelli della fine del 1600 sono morti. Le streghe sono potenti e possiamo vivere più a lungo della media, ma non viviamo per quattrocento anni. Non siamo vampiri o zombie».

Mia madre quasi sputò il caffè e zia Lea gettò indietro la testa ridendo.

Dopo essersi tamponata le labbra con un fazzoletto, mia madre disse: «Beh, stavo solo sottolineando che il cognome è noto per essere collegato alle streghe. Ma questo non significa che tutti quelli con quel nome siano streghe».

«Penso che dovremmo scoprire di più sulla famiglia. Abby ha detto che viene dal New Hampshire, appena fuori Nashua, giusto?»

«Oh, chiamerò tuo fratello maggiore Gabriel e gli chiederò di occuparsene. Lo conosci, adora inseguire indizi online», disse mia madre con un sorriso.

Mio fratello maggiore Gabriel era un appassionato di tecnologia e uno stregone - una combinazione piuttosto pericolosa se non fosse stato un tipo così a posto. Attualmente non viveva a Charm Cove anche se si vociferava che avesse intenzione di tornare presto.

«A che punto siamo con Gabriel comunque?» chiesi.

Gabriel aveva accettato alcune posizioni di alto livello per aziende tecnologiche in California. Guadagnava un sacco di soldi e gli piaceva il lavoro. Si occupava principalmente di codifica, ma era anche un contabile forense pagato profumatamente per rintracciare conti nascosti attraverso la rete di tracce online. Eppure, proprio come me, la mia famiglia desiderava che tornasse a Charm Cove. Io e lui parlavamo occasionalmente, e di solito era vago riguardo ai suoi piani. Sentivo che era evasivo, proprio come facevo io una volta.

La nostra famiglia era affettuosa, ma non esitava a cercare di stabilire l'agenda per la vita di chiunque. Almeno lui non era legato a qualche presunto destino.

«Beh», iniziò mia madre con un sorriso orgoglioso tra un sorso di caffè e l'altro, «l'altro giorno mi ha detto che stava pensando di trasferirsi di nuovo a casa e lavorare da remoto. Vorrebbe avviare la propria azienda ora che ha abbastanza contatti. Tra i suoi poteri e il suo cervello, può fare praticamente quello che vuole».

«Verissimo», disse fermamente zia Lea, il suo sorriso orgoglioso che rispecchiava quello di mia madre. Senza un figlio proprio, zia Lea coccolava i miei fratelli, nessuno dei quali viveva attualmente a Charm Cove.

Gabriel era il mio fratello maggiore; non sorprende che portasse il nome di nostro padre. Dopo di lui c'erano Nathaniel, Albert e Cameron. Anche Nathaniel era più grande di me, mentre Albert e Cameron erano più giovani. Albert e Cameron erano entrambi ancora al college. Albert era all'UMASS di Amherst, Massachusetts, e Cameron era a Boston alla Boston University. Nathaniel era esperto di tecnologia quanto Gabriel, anche se lavorava interamente per conto proprio come consulente. Mi aspettavo che passasse per Charm Cove a breve. Recentemente, era stato in viaggio.

Guardando il mio orologio, mi resi conto che la mattinata stava sfuggendo rapidamente. «A che ora andate al faro voi due?» chiesi.

«Appena finiamo qui», rispose mia madre.

«Va bene allora», dissi alzandomi. «Vi raggiungerò lì tra poco. Voglio passare al supermercato prima di fare qualsiasi altra cosa oggi».

CAPITOLO UNDICI

Dopo una rapida corsa al negozio e ritorno a casa mia, mi diressi al Faro Beacon's Charm non molto più tardi, raccogliendo mia cugina Emma lungo il percorso. Salì nella mia piccola auto con una risatina. «Non posso credere che stiamo facendo questo», disse come saluto.

«Perché lasciar divertire solo loro?»

«Lo so, ma sai com'è mia madre. È fuori di sé con questa *indagine*. Ti giuro che ha bisogno di più cose da fare ultimamente. Sono contenta che tu abbia preso in mano le cose al negozio, ma ora si annoia.»

Se esisteva qualcosa come una pressione maggiore rispetto alla mia famiglia, zia Lea la esercitava sicuramente in modo pesante su Emma. Voleva che Emma si facesse carico di tutto ciò che faceva lei, il che era il motivo principale per cui Emma non aveva accettato con entusiasmo di gestire Persnickety Potions & Gifts. Zia Lea le sarebbe stata col fiato sul collo ogni minuto di ogni giorno se l'avesse fatto.

Tuttavia Emma riceveva solo una parte della mia simpatia perché non aveva l'intera questione del *destino* che pendeva sulla sua testa.

«Ehi, è cattiva con me quanto lo è con te. Tu non sei responsabile per l'intera pace futura della nostra famiglia.»

Emma sfoggiò un sorriso. «Lo so.»

Nel momento in cui feci quel commento, la mia mente tornò allo sguardo negli occhi di Liam la sera precedente. Il destino era una cosa strana. In un certo senso, sarebbe stato facile pensare che rendesse tutto più semplice, ma non era così. Almeno non per me. Perché mi faceva dubitare che ciò che avevamo fosse reale. Quando ero più giovane, sciocca e avventata, mi ero aggrappata all'idea del mio destino con Liam con tutte le mie forze, abbracciandola praticamente come un orso. Ripensandoci, non credo che fosse stato troppo utile. Ci avevo attaccato troppe emozioni.

Scacciai i miei pensieri, guardando Emma. «Parlando di destino, come va la tua vita sentimentale ultimamente?»

Emma sospirò in modo piuttosto elaborato. «Niente, assolutamente niente. Da quando Joel ha troncato con me, nessuno è interessante. Non è che lo rivoglio indietro. Perché, diciamocelo, dovrei fingere di non essere una strega per il resto della mia vita per stare con lui, ma mi ha fatto male comunque che si sia spaventato così tanto», spiegò, riferendosi a Joel che praticamente l'aveva abbandonata dopo che lei aveva accidentalmente riportato in vita un fiore davanti a lui. Emma non aveva avuto bisogno di molta magia per farlo. Le piante erano un po' il suo campo.

Lo svantaggio principale di crescere come strega in una famiglia di streghe in una città di streghe era che era fin troppo facile dimenticarsi di nascondere i propri poteri. Come mi spiegò, non ci stava nemmeno pensando. Dopo che Joel vide cosa aveva fatto e andò un po' nel panico, lei commise l'errore di cercare di dirgli la verità su di sé. Non era andata *per niente* bene.

Quello era un altro motivo per cui le famiglie di streghe tendevano a stare insieme. Cercare di avere una relazione romantica quando le persone non sapevano cosa diavolo fossi era un po' complicato.

«Beh, perché non vai semplicemente a intuito? La persona giusta potrebbe arrivare», suggerii.

«Facile per te dirlo. La tua vita sentimentale è tutta già pianificata.»

Svoltando sulla strada che si snodava lungo il bordo della costa, le lanciai un'occhiata. «Sai, questo non la rende davvero più semplice. Come puoi vedere. Se fosse stato così facile, io e Liam non ci saremmo mai lasciati.»

Emma sospirò. «Lo so. Non volevo insinuare che lo fosse. Non posso immaginare come mi sentirei se fossi io quella con il peso del destino sulle spalle.»

«Ti ribelleresti», dissi con una risata.

«Assolutamente. Odio sentirmi dire cosa fare», rispose con una risata ironica.

Mentre guidavo, abbassai leggermente i finestrini per far entrare l'aria fresca. L'autunno nel New England era glorioso. Con il fresco profumo dell'oceano e le foglie brillanti che risaltavano contro il cielo azzurro, mi sentivo rinvigorita. Guardai le onde che si infrangevano sulla riva, oggi rompendosi dolcemente contro le rocce.

In pochi minuti, mi fermai dall'altra parte della strada rispetto al faro. La porta era aperta, quindi entrammo. Si potevano sentire voci dal piano superiore che echeggiavano giù per le scale. Emma ed io ci facemmo strada su e trovammo le nostre madri nella stanza principale al piano di sopra. Avevano oggetti sparsi ovunque mentre zia Lea teneva un piccolo taccuino in mano mentre faceva l'inventario di tutto.

«Oh wow», dissi guardandomi intorno. «Voi due siete state impegnate.»

Mia madre alzò lo sguardo con un sorriso furbesco. «Non proprio. Ho usato un incantesimo di richiamo. Ho chiesto a tutto ciò che è magico nell'edificio di venire qui, e così è stato. Questo non ci dirà cosa manca, ovviamente, ma potrebbe aiutare. Perché voi due ragazze non date un'occhiata in giro e vedete se c'è qualcosa rimasto aperto?»

«Che intendi con rimasto aperto?» chiese Emma.

«Beh, per esempio, quella», disse mia madre, indicando una scopa appoggiata al muro. «Con il mio incantesimo, è venuta da me. Ma non appena ha lasciato lo spazio dove doveva essere, la porta dovrebbe essersi chiusa dietro di essa. Se degli oggetti erano conservati prima che arrivassimo, quei posti dovrebbero essere aperti perché nulla era lì per uscire.»

«Ah, ok. A meno che il ladro, o i ladri, fossero sul pezzo e abbiano chiuso tutto dietro di loro, potremmo almeno essere in grado di indovinare quante cose sono scomparse», risposi.

Mia madre fece l'occhiolino e annuì. Non era un sistema perfetto, ma ci dava un punto da cui partire.

Emma ed io ci dirigemmo immediatamente giù per le scale. C'erano due piani sotto il piano superiore, ed entrambi erano principalmente di stoccaggio. Emma prese il piano terra, e io presi quello di mezzo.

Era strano camminare qui dentro. Ero stata qui prima, ma era un faro funzionante, quindi lo lasciavamo perlopiù in pace. Nathan era responsabile della magia che faceva funzionare il faro stesso e delle basi per mantenere l'edificio. Quando questo faro fu costruito circa 300 anni fa, era stato impregnato di magia fin dall'inizio. L'incantesimo che lo faceva funzionare era antico e potente. Nei secoli precedenti, i custodi vivevano effettivamente nel faro, ma non più.

Mentre frugavo nel secondo piano, controllai nelle due camere da letto e nei due armadi. Una porta dell'armadio era chiusa mentre l'altra era aperta. Un altro scomparto costruito nel muro era stato lasciato aperto. Ho scattato foto con il mio telefono ma non ho trovato nient'altro di strano. Altri due spazi di stoccaggio più piccoli erano costruiti nelle pareti di questo piano, ma entrambi erano chiusi e vuoti. Quindi, o non c'era mai stato nulla lì dentro, o qualunque cosa fosse stata conservata lì aveva obbedito all'incantesimo di richiamo di mia madre.

Vagabondai al piano di sotto per trovare Emma. Non aveva trovato nulla. Di nuovo al piano di sopra, mia madre e zia Lea avevano meticolosamente catalogato i vari oggetti localizzati con l'incantesimo di richiamo. Anche se non sarebbero state in grado di vedere se mancava qualcos'altro, un oggetto mancante che preoccupava tenuto al faro era un antico libro di incantesimi della famiglia Good.

Zia Lea era a conoscenza della sua esistenza grazie a Jacob. Come il libro di incantesimi preso dai miei genitori, si diceva che contenesse molti incantesimi antichi non trovati altrove. Inutile dire che erano preoccupate.

CAPITOLO DODICI

La mattina seguente, mi diressi alla stazione di polizia per parlare con Daniel. Zoe mi avrebbe raggiunto lì. Speravo che forse sarebbe stato più comunicativo con entrambe presenti. Sebbene Zoe fosse sposata con Daniel, lui cercava di mantenere linee chiare tra lavoro e vita personale, cosa che tendeva ad infastidirla terribilmente. Lei pensava che probabilmente ci avrebbe rivelato tutto ciò che sapeva su Abby Proctor, ma riteneva utile che io lo informassi su ciò che avevamo scoperto nella casa.

Seduta nel suo ufficio, lo osservai attentamente. I capelli scuri di Daniel brillavano sotto le luci fluorescenti. Il suo sguardo castano incrociò il mio mentre mi guardava dall'altra parte della scrivania. «Quindi ho già riferito a Zoe quel poco che sapevo su Abby Proctor, ma sembra che tu abbia qualcosa da aggiungere alla storia», commentò.

Daniel era nato e cresciuto a Charm Cove e aveva seguito le orme di suo padre diventando capo della polizia locale. Sebbene la sua famiglia non fosse di inclinazione stregonesca, sapevano che le streghe avevano fondato Charm Cove e avevano vissuto pacificamente tra gli abitanti della città per alcuni secoli. Diamine, aveva sposato una strega, e certamente sapeva che anch'io lo ero. Occasionalmente, si irritava quando si trattava del suo lavoro investigativo. Non aveva problemi con l'esistenza della magia. Piuttosto, erano le sfide che affrontava quando doveva considerare la magia nell'equazione durante le indagini.

Sporgendomi in avanti, mi preparai a spiegare come avevo appreso qualcosa in più su Abby Proctor. «Beh, è venuta al negozio facendo un sacco di domande sulle bacchette. Non erano il tipo di domande che faresti se le stessi comprando per scopi decorativi o per divertimento. Mi sono un po' preoccupata per il, uhm, livello della sua curiosità, quindi potrei aver fatto visita a casa sua».

Feci una pausa, aspettando di vedere come avrebbe reagito Daniel. Uno dei suoi sopracciglia scuri si inarcò mentre scuoteva leggermente la testa. «Certo, perché puoi farlo». Fece un gesto circolare con la mano per invitarmi a continuare.

«Comunque, ho origliato metà di una conversazione in cui qualcuno parlava di assicurarsi che lei ottenesse altri oggetti, o almeno così sembrava. Ha detto che non pensava che la casa fosse infestata e che non credeva ci fosse niente di magico lì. Ciò che ha fatto impazzire il mio radar è stato quando ha menzionato di essere preoccupata di far sapere a qualcuno che qualcuno potrebbe essere entrato in casa sua. Te l'ha detto?»

Daniel tamburellò con le dita sulla scrivania, guardando Zoe e me. «No, non me l'ha certo menzionato». Sospirò, passandosi una mano tra i capelli. «Non ha per caso detto cosa è stato preso, se è stato preso qualcosa?»

«Assolutamente no».

«Non so se aggiungerla alla lista dei sospetti o delle vittime a questo punto. Fammi sapere se torna di nuovo al tuo negozio. Potrei fare un salto a casa sua per controllare. Potrei menzionare che un'altra casa estiva è stata svaligiata. Forse questo la farà parlare. Nel frattempo», fece una pausa, restringendo lo sguardo e guardando alternativamente tra noi due, «fate attenzione a qualsiasi cosa facciate e tenetemi informato».

Zoe sorrise e si sporse attraverso la scrivania per dargli un bacio sulla guancia. «Ti abbiamo già tenuto informato. Ti ho detto tutto appena l'ho saputo».

Daniel ridacchiò piano, facendoci cenno di uscire mentre il suo telefono iniziava a squillare.

In piedi fuori dalla stazione di polizia, guardai Zoe. «Andiamo a parlare con tua madre. Se c'è qualcosa da sapere su quella famiglia, forse lei può aiutarci», dissi, riferendomi a sua madre, Bets Baker. Era una strega anziana e potente che teneva l'orecchio ben aperto in modo significativo. Non le sfuggiva molto a Charm Cove. «Inoltre, mia madre ha menzionato che i Bishop sono stati piuttosto riservati riguardo a ciò che è stato rubato da The Ink Spot. Con Sally e Rae accanto, forse chiama tua madre e vedi se verranno per il tè di nuovo».

Zoe chiamò sua madre mentre guidavamo verso casa sua. Poco dopo, eravamo sedute nel soggiorno di Bets. Sally e Rae Bishop erano arrivate prima di noi. Sebbene entrambe indossassero braccialetti elettronici alla caviglia, era loro permesso di recarsi in alcuni luoghi, inclusa la casa di Bets per il tè e negozi preapprovati.

Sally e Rae, le assassine per caso. Le guardai, ancora non accettando completamente che quelle due fossero state coinvolte in una relazione amorosa finita male. C'era Alvin, sua moglie, Sally, e Rae, e poi abbiamo scoperto di un'altra donna. Era giusto dire che Alvin si era dato da fare. Non c'era da meravigliarsi che non fosse caduto nella fontana per un attacco di cuore.

Sally incontrò il mio sguardo, i suoi occhi d'acciaio. Erano passati alcuni mesi da quando tutto era accaduto, ed era ancora un po' irritata per l'intera faccenda. Mentre aveva espresso rimorso per la morte di Alvin, era ancora seccata che l'"incidente" fosse stato ricondotto a lei e alla sua sorella gemella.

Le sorrisi. «Come stai, Sally?»

Le labbra di Sally si strinsero in una linea sottile, e sbuffò. «È stato solo un incidente».

Come ho detto, era ancora fissata su questo.

Rae, la più passiva delle gemelle, sospirò profondamente. «Lo so. È quello che abbiamo continuato a dire al signor Daniel».

«Beh, signore, ciò che è fatto è fatto. Incidente o meno, Alvin è morto. Siamo passate oggi perché speravamo di potervi chiedere se avete sentito qualcosa riguardo a ciò che è stato preso da The Ink Spot», disse Zoe, andando dritta al punto.

Sally e Rae ci guardarono. Gli occhi di Sally si strinsero con sospetto mentre Rae sembrava incerta. Bets entrò con una teiera su un vassoio con un piatto di biscotti. Posandolo, versò rapidamente il tè per le gemelle. Mi rivolse un sorriso mentre ne porgeva una tazza a Sally, i suoi occhi azzurri che brillavano.

Rae si fece sentire. «A malapena possiamo andare da qualche parte. Non capisco perché pensiate che potremmo sapere qualcosa degli affari della nostra famiglia. Sarà così per due anni interi. Non sentiremo mai niente», disse, con voce acuta e un accenno di lamento.

Sally sbuffò di nuovo e alzò gli occhi al cielo. «Oh, per l'amor del cielo. Ce la siamo cavata con poco. Posso anche voler essere scontrosa al riguardo, ma è quel che è, proprio come hai detto», rispose, incrociando lo sguardo di Zoe. «Non che possiamo essere di grande aiuto, ma un tempo gestivamo quel negozio».

«Cosa avete sentito riguardo a ciò che manca?» chiese Rae.

«Solo che c'è stata un'altra effrazione e qualcuno stava cercando tra i vecchi registri. Se ho capito bene, ci sono registri di stampa risalenti alla fine del 1600».

Rae e Sally annuirono all'unisono, sorseggiando il loro tè simultaneamente.

Bets mi porse una tazza di caffè da una caffettiera separata che aveva portato. Prendendone un sorso gradito, le guardai. «Avete idea di dove siano i registri di tutte quelle vecchie stampe?»

Rae annuì fermamente. «Certo che lo sappiamo. Li abbiamo proprio qui accanto. Quando eravamo noi a gestire, abbiamo catalogato tutto. Una volta arrivato l'anno 2000, li abbiamo organizzati e raccolti in diversi libri rilegati, fino al 2001. Fu allora che ci venne gentilmente detto che dovevamo lasciare che la generazione successiva assumesse la gestione». Rae guardò Sally, i suoi occhi che assumevano uno sguardo malinconico. «Mi manca gestire la tipografia. Mi piaceva molto».

«Ora la gestisce Albert, vero?» chiesi.

Sally sorseggiò il suo tè mentre annuiva, prendendo uno dei biscotti dal vassoio. «Certo. Non credo che capisca l'importanza dei registri. Ecco perché li abbiamo portati con noi. Ci sono duplicati nel negozio, ma noi abbiamo gli originali».

«Qualcuno vi ha mai chiesto di loro?» intervenne Bets.

Sally scosse la testa, torcendo la bocca. «Assolutamente no. Ma datemi qualche ora in quel negozio e sarò in grado di dirvi cosa manca da lì, se manca qualcosa».

Guardando Zoe e Bets, rimasi in silenzio, come fecero loro. Albert Bishop era un uomo riservato. Immaginai che non avrebbe apprezzato alcun contributo dalle gemelle quando assunse la gestione di The Ink Spot. Avrei dovuto vedere se mia madre poteva persuaderlo a lasciare dare un'occhiata a Sally e Rae. Si potrebbe pensare che con le gemelle che erano della famiglia, non avrebbe nemmeno messo in discussione la cosa, ma i Bishop erano un gruppo strano.

Come i Wicked, i Good e alcune altre famiglie, i Bishop erano una delle prime famiglie a stabilirsi qui. Eppure si erano sempre tenuti per conto loro. Mia madre e altri ipotizzavano che all'epoca in cui le famiglie arrivarono qui per la prima volta, ci fossero state delle questioni politiche riguardo alla decisione dei Bishop di stampare volantini sui processi alle streghe di Salem.

Quando Charm Cove fu fondata circa un decennio prima che l'isteria raggiungesse il suo pieno apice, le famiglie fondatrici si erano trasferite qui per evitare ciò che era stato visto nelle visioni di due streghe delle famiglie Wicked e Good. La famiglia Bishop li aveva seguiti, ma inizialmente non aveva aderito all'idea di mantenere un profilo basso. C'era molto orgoglio nella comunità delle streghe. Non era un orgoglio pubblicamente noto, ma era profondamente radicato. Qualche piuma era stata arruffata quando altre famiglie erano intervenute e avevano chiesto ai Bishop di mantenere un profilo più basso.

La loro famiglia aveva certamente quasi tanto potere quanto le altre, eppure sembrava sempre come se si tenessero in disparte.

«Bene», dissi, guardando Sally e Rae. «Penso che dovreste parlare e far sapere alla famiglia che potreste essere in grado di aiutare. Ecco il fatto, siamo preoccupate per gli oggetti che sono stati presi. Non vogliamo che qualcosa vada storto se non riusciamo a mettere tutto insieme. Quindi, qualsiasi aiuto potreste offrire per coinvolgere la vostra famiglia in modo da essere tutti sulla stessa pagina sarebbe molto utile».

Sally mi fissò per qualche istante, e poi scrollò le spalle. «Sono d'accordo. È esattamente quello che ho detto a Rae l'altro giorno. Dobbiamo unirci per qualcosa del genere».

«Dì a tua madre di parlare con nostro cugino, e io stessa chiamerò Albert», disse Rae, alzando gli occhi al cielo. «La gente è un po' turbata per tutto quel trambusto che abbiamo causato per Alvin».

«Beh, forse questa è la vostra occasione per redimervi», aggiunse Bets allegramente. «Aiuterebbe tutti, non solo la vostra famiglia ma tutta Charm Cove. Indipendentemente dalle nostre preoccupazioni su quali oggetti sono stati rubati dalle famiglie di streghe, il semplice fatto rimane che diverse attività commerciali e case sono state svaligiate. Non è sicuro, e abbiamo bisogno che Charm Cove si senta come un luogo sicuro».

Quasi scoppiai a ridere, ma mi morsi l'interno delle guance e rimasi in silenzio. Bets sapeva come manipolare le persone quando voleva. Non avevo dubbi che avesse appena persuaso Sally e Rae alla chiamata superiore di aiutare a risolvere i furti.

CAPITOLO TREDICI

La mattina seguente era sabato, quindi andai a prendere le gemelle per portarle in negozio con me, e ci incamminammo verso Magic Beans insieme. Dopo aver preso un caffè, bevande dolci per loro e degli scones per tutte, tornammo attraversando il parco cittadino.

Era presto, l'aria autunnale fresca e pungente. Senza sorpresa, Beatrice Powers e il suo gruppo di cammino stavano marciando energicamente intorno al parco. Nel momento in cui Beatrice mi vide con le gemelle, deviò dal suo percorso, affrettandosi verso di noi.

Fermandosi bruscamente davanti a noi, sorrise luminosamente. «Buongiorno, ragazze, come state?»

Beatrice parlava nello stesso modo in cui camminava, ogni parola decisa e chiara. Celia e Delia sorrisero. «Ciao, Beatrice», dissero quasi all'unisono.

«Buongiorno», aggiunsi io.

Beatrice si avvicinò, sporgendosi in avanti e abbassando la voce. «Ho rivisto quell'uomo».

Le gemelle non erano a conoscenza della mia precedente conversazione con Beatrice, ma non è che non sapessero delle preoccupazioni che circolavano in città riguardo ai furti. I loro occhi si spalancarono, e potevo capire che erano entusiaste di far parte di questa conversazione.

«Dove e quando?» chiesi a bassa voce.

Il sole brillava sui corti capelli argentati di Beatrice mentre si avvicinava ancora di più con preoccupazione nel suo sguardo castano. «Beh, questa volta l'ho visto due volte. La prima è stata tardi ieri sera. Mi siedo e bevo una tazza di tè prima di andare a letto, proprio nella bow window», spiegò, gesticolando vagamente in direzione della sua casa all'angolo più lontano del parco. «Quindi stavo bevendo il mio tè, e con i lampioni accesi, posso vedere chi gira nei dintorni. Ed eccolo lì. Ha guardato dentro le vetrine di The Ink Spot e poi di Beauty Bewitched. E poi ha semplicemente continuato a camminare. Non si è fermato a guardare dentro nessun altro negozio. Poi, stamattina prima che il sole sorgesse, l'ho visto di nuovo. Questa volta, era vicino a Magic Beans. Ha camminato intorno al parco, e poi ha guardato in diverse altre vetrine, compresa la Sua», disse, con tono scandalizzato.

«Com'è fatto?» chiese Celia.

Beatrice la guardò. «Beh, è sicuramente alto e magro con i capelli scuri. Ovviamente, non potevo vedere di che colore fossero i suoi occhi da quella distanza. Questo è tutto quello che posso dirvi. Inoltre veste con abiti scuri».

«È sicura che non sia solo un turista venuto per il foliage?» chiese Delia.

Beatrice strinse le labbra, con uno sguardo pensieroso. «Non credo. Vivo qui da quando sono nata. I turisti hanno un certo modo di fare. La loro curiosità è più generalizzata. Lui ha un che. Stava cercando qualcosa o qualcuno di specifico».

«Beh, credo che dovrebbe parlarne con Daniel. Nel frattempo, non si disturbi, ma con la Sua vista, spero proprio che continui a bere il Suo tè mattutino e serale», aggiunsi.

Beatrice sorrise luminosamente. «Beh, su questo non deve preoccuparsi, cara. Bevo il mio tè mattutino e serale qualunque cosa accada. Il mondo potrebbe essere sull'orlo della fine, e i Quattro Cavalieri dell'Apocalisse potrebbero essere in arrivo, e io berrei comunque il mio tè mattutino e serale. Tenete gli occhi aperti anche voi», disse, indicando le gemelle e poi me.

Con un ultimo sorriso luminoso, si voltò di scatto. La sua camminata iniziò a un ritmo normale, e poi fu come guardare un motore accendersi. Rapidamente aumentò la velocità e raggiunse il suo gruppo di camminata, riprendendo la guida.

Celia e Delia mi guardarono. «Chi pensi che sia?» chiese Celia.

«Non lo so, ragazze. Ma dai, mettiamoci al lavoro. Avete già tenuto gli occhi aperti, quindi continuate così».

Ci mettemmo al lavoro. Con un flusso costante di clienti che entravano e uscivano, ero quasi affamata quando arrivò l'ora di pranzo. Come se avesse letto nella mia mente, sentii il campanello tintinnare sopra la porta e poi mia madre entrò con una busta di carta del Charm Café.

Con i braccialetti che tintinnavano e la gonna che turbinava intorno alle caviglie, si avvicinò al bancone. «Ho pensato che avreste fame, quindi ho portato il pranzo. Panini al granchio per le gemelle, e poi il tuo Reuben preferito. Perché non mangiamo sul retro?» chiese mia madre.

Dopo una rapida occhiata in giro, sapevo che non era troppo affollato per permettermi di fare una pausa. C'era una leggera flessione nell'attività del negozio all'ora di pranzo, quando i turisti solitamente si disperdevano per pranzo in giro per la città.

«Ragazze, potete tenere d'occhio il bancone», chiamò mentre tirava fuori i loro panini e alcuni tovaglioli.

Celia e Delia si affrettarono a venire e lasciarono baci sulle guance di mia madre prima di sistemarsi sugli sgabelli dietro il bancone per godersi il pranzo. Mia madre accennò con il mento verso il retro, il segnale che doveva parlarmi mentre mangiavamo.

La tenda di perline tintinnò dolcemente dietro di noi mentre entravamo nel retro. Una volta sistemate su alcuni sgabelli accanto al tavolo da lavoro, lei mi guardò. «Allora Sally e Rae sono andate a The Ink Spot questa mattina, e abbiamo capito cosa è stato rubato da lì. Hanno preso volantini risalenti ai processi alle streghe di Salem. Due famiglie sono completamente scomparse dalla zona - una delle famiglie Burroughs e una delle famiglie Proctor. Se guardi la storia, sia un Proctor che un Burrough furono uccisi durante i processi, ma queste famiglie scomparvero prima che ciò accadesse».

«Beh, Abby Proctor è il nome della donna che è nella casa. Ha detto di aver ereditato la casa dal cugino di sua madre che non aveva figli», offrii tra un morso e l'altro.

Mia madre annuì, facendo una pausa per dare un morso al suo panino. Bevvi un sorso dalla bottiglia d'acqua che mi aveva dato e diedi diversi morsi al mio panino mentre lei rimaneva in silenzio.

«Oh, e ho chiesto a Liam di parlare con sua madre della storia della famiglia Proctor per quella casa. Sai che adora quelle cose e tiene traccia di tutte le diverse case. Ho pensato che sarebbe stata una buona scommessa».

Mia madre mi guardò, con un luccichio negli occhi. «Pensiamo allo stesso modo, cara. L'ho già chiamata perché ho pensato esattamente la stessa cosa. Immagino che chiunque sia legato a questi furti sia in qualche modo connesso a quelle due famiglie. Per quanto riguarda tutto il resto che è stato rubato, abbiamo fatto l'inventario di tutto. A parte le tue pozioni, da ogni casa sono stati presi due oggetti, tutti potenti. Tuo padre e io crediamo che qualcuno stia cercando di reclamare il potere per la propria famiglia».

«È quello che mi chiedevo anch'io. Ma chi? E perché? Non ci sono molte famiglie di streghe che hanno perso completamente il potere».

Dopo aver finito un morso del suo panino e aver preso un sorso d'acqua, mia madre inclinò la testa di lato. «Vero, ma quando tutto diventò brutto a Salem, un certo numero di famiglie si divisero. Le persone erano terrorizzate. Devi capire quanto fosse spaventoso. Le nostre famiglie fuggirono dalla zona prima che tutto accadesse. Chi sa cosa ci sarebbe successo se non l'avessimo fatto?»

«Lo so, Mamma, ma nemmeno tu c'eri. È difficile sapere come e perché le famiglie decisero di andarsene».

Mia madre alzò gli occhi al cielo. «Tesoro, non c'ero, ma le storie sono state tramandate. Conosci la storia tanto quanto me. Le persone erano terrorizzate e perseguitate. Tutto ciò che sarebbe bastato per perdere il potere era una famiglia che fuggiva, si divideva e rinunciava alla magia. Una o due generazioni dopo, non sarebbe rimasto nessuno a condividere il potere o a insegnare a qualcuno come gestirlo se lo avesse sentito. Ho la sensazione che chiunque abbia rubato questi oggetti stia cercando di riprendersi ciò che ha perso».

«Dobbiamo essere preoccupati? Beh, siamo preoccupati, ma dobbiamo aver paura se riescono a reclamare il loro potere?» chiesi.

Mia madre si strinse nelle spalle. «Non lo so. Dipende da cosa intendono fare con esso. Siamo piuttosto protetti qui a Charm Cove. Tutte le famiglie di streghe qui praticano solo magia buona. Conosciamo la magia nera e sappiamo come respingerla, ma nessuno qui cerca di reclamarla o usarla. Potrebbe essere potenzialmente devastante se qualcuno lo facesse».

Sapevo abbastanza della magia nera da sapere quanto terrificante potesse essere. Ancora peggio... «Specialmente se non sanno come usarla correttamente», aggiunsi.

Sapevo qualcosa riguardo al lasciare che l'emozione guidasse gli incantesimi. L'ultima cosa di cui il mondo aveva bisogno era una strega con cattive intenzioni che non sapeva come controllare e affinare il proprio potere. Era un milione di volte peggio di un politico avido al potere.

«Beh, hai qualche intuizione se si tratta di qualcuno dei dintorni?» chiesi.

Mia madre sollevò la spalla in un elegante scrollata. Non importava cosa facesse, riusciva sempre ad essere elegante. Oggi indossava una gonna lunga e aderente sopra stivaletti con una camicetta morbida di seta color crema. Orecchini pendenti a goccia d'argento pendevano dalle sue orecchie con il suo braccialetto portafortuna abbinato a un grappolo di altri. I suoi capelli erano raccolti in una torsione con un bastoncino d'argento sterling infilato per tenerli in posizione.

«Non credo. Ho fatto attenzione, e non percepisco nessuno che cerchi di nascondere qualcosa di significativo. Almeno, nessuno che abbia incrociato il mio cammino», offrì, riferendosi al suo potere di essere in grado di percepire quando le persone stavano nascondendo qualcosa e vedere indizi sui dettagli che circondavano il segreto.

Lo svantaggio del suo potere era che di solito sapeva quando qualcuno stava tramando qualcosa, come avere una relazione. Probabilmente avrebbe potuto capire cosa fosse successo con Alvin se fosse stato vivo abbastanza a lungo per permetterle di passare un po' di tempo con lui. Avrebbe saputo che nascondeva le sue relazioni. Eppure né lui né le gemelle Bishop avevano incrociato il suo cammino nel periodo immediatamente precedente alla sua morte.

«Beh, il nostro principale sospetto in questo momento è Abby Proctor. Eppure...» feci una pausa, considerando quella conversazione unilaterale che avevo ascoltato a casa sua l'altra sera. «Non ho l'impressione che sia quel tipo di persona. Non sto dicendo che non cercherebbe di reclamare il potere, ma semplicemente non penso che sia una criminale. Vorrei sapere con chi stava parlando l'altra notte».

Mia madre finì il suo panino, tamponandosi la bocca con un tovagliolo. «Questo è lo svantaggio di intrufolarsi nelle case senza preavviso», offrì con una risatina.

Alzai gli occhi al cielo e mi strinsi nelle spalle, senza vergognarmi. «Ehi, ho fatto quello che dovevo fare. Forse farò una visita a casa di Abby. Era abbastanza amichevole, quindi potrei probabilmente farla passare come una semplice visita di benvenuto da parte di una residente di Charm Cove».

Mia madre si alzò con cautela, raccogliendo i piatti di carta e i tovaglioli dal tavolo mentre finivo l'ultimo morso del mio panino. Mentre attraversava la stanza per gettarli nel sacchetto dei rifiuti, mi chiamò: «Qualunque cosa tu faccia, stai attenta».

«Certo, Mamma. Se le cose si mettono male, posso sempre trasformarmi in fumo e scappare da lì».

Con una risata, mia madre afferrò la sua borsa dal bancone e salutò mentre tornava nell'area anteriore.

CAPITOLO QUATTORDICI

Dopo che i gemelli erano partiti con zia Lea nel pomeriggio, stavo trafficando nella parte anteriore del negozio, riorganizzando alcune vetrine e riflettendo sui vari pezzi del puzzle del furto che avevamo messo insieme finora. La campanella suonò sopra l'ingresso principale, e lanciai un'occhiata oltre la spalla. Ecco qui, Abby Proctor era arrivata. Forse non avrei avuto bisogno di intrufolarmi di nuovo in casa sua.

Camminando rapidamente verso il bancone, la salutai: «Ciao, Abby, è bello rivederti. Cosa ti porta qui oggi?»

Abby si aggiustò gli occhiali sul naso e passò una mano tra i capelli. Ancora una volta, era vestita in modo ordinato. Indossava pantaloni aderenti e una camicetta azzurra abbottonata. Con stivali comodi per camminare, sembrava pronta per una giornata in giro per il centro di Charm Cove. Mi sorrise, arricciando le mani sul bordo del bancone mentre lo aggiravo.

«C'è qualcosa in cui posso aiutarti?» aggiunsi.

Esitò, come se stesse valutando le parole, e poi parlò rapidamente. «Beh, sei stata davvero gentile con me l'altro giorno, quindi ho pensato che forse potevo venire a dirti questa cosa, e tu potresti dirmi a chi posso chiedere aiuto.»

Feci un piccolo balletto interiore, se non altro perché sembrava pronta a confidarsi. Ero oltre l'estasi che avesse scelto me per chiedere aiuto.

Mantenendo un'espressione calma, annuii. «Certo. Cosa succede?»

«Beh, sai come ci sono stati tutti quei furti in città?»

Ah, quindi forse aveva deciso di menzionare la sua preoccupazione per un'effrazione a casa sua. Annuii. «Certo che lo so. Questo negozio è stato uno degli obiettivi. Sai qualcosa al riguardo?»

Deglutì nervosamente e premette il dito al centro degli occhiali, aggiustandoli inutilmente sul naso. «Beh, qualcuno è entrato nella casa estiva dove sto alloggiando. Ero qui solo da un giorno o due prima che accadesse. Non ero mai stata in quella casa, quindi mi ha davvero spaventata. Poi ho sentito tutti parlare dei furti in città, e avevo paura che qualcuno incolpasse me perché non conosco nessuno. Voglio dire, tranne alcuni negozianti come te e Sarah, che lavora da Magic Beans.»

«Sai cosa hanno preso dalla casa?» chiesi.

Le spalle strette di Abby si alzarono e si abbassarono quando fece un respiro profondo e lo lasciò uscire con un sospiro. «Beh, non lo so davvero. Ma tutto era stato messo sottosopra in soffitta. Onestamente non l'avrei nemmeno notato probabilmente, se non fosse che avevo appena camminato per tutta la casa il giorno prima, e avevo lasciato la porta della soffitta aperta. Ma quando sono tornata dopo essere andata al supermercato quella sera, era chiusa. Quando sono salita, tutte le scatole lassù sembravano esplose: erano strappate con le cose sparse fuori.»

La guardai attentamente. Il mio istinto mi diceva che stava dicendo la verità, ma aveva ragione. C'era un buon motivo per considerarla sospetta. L'avevo certamente messa in cima alla mia lista. Per quanto ne sapevo, non sapeva che io fossi una strega e non sapeva che avrei indagato sui furti con la maggior parte della mia famiglia.

«Hai parlato con qualcuno che è stato in casa prima?» chiesi, pensando a chiunque fosse stato all'altro capo di quella telefonata.

«Non proprio. Come ho detto l'altro giorno, questa casa apparteneva a una cugina di mia madre. Non aveva figli. A un certo punto, la famiglia ha smesso di venire qui, e poi quando è morta, l'ha lasciata a me nel suo testamento.» Abby si mise la mano sul petto e scosse la testa. «Ancora non so perché l'abbia lasciata a me.»

Archiviai quella informazione per considerarla in seguito, mantenendo la mia attenzione sul momento. «Sai se qualcuno della tua famiglia allargata avrebbe potuto sapere cosa c'era qui?»

Abby scosse lentamente la testa. «Davvero non lo so. Mia madre non parlava con sua cugina da anni. L'ultima volta che mia madre è stata nella casa era quando era una bambina. I genitori di sua cugina sono morti quando erano giovani, e sono state le ultime persone a venire qui e usare regolarmente la casa. Dopo la morte dei suoi genitori, la cugina di mia madre è stata spedita dai parenti di suo padre, e suppongo che nessuno sapesse della casa o se ne interessasse. Se è venuta alla casa quando era adulta, certamente io non lo sapevo. Immagino che le persone qui intorno sappiano più di me di quella casa. Quindi cosa dovrei fare?»

Dissi l'ovvio. «Beh, sono contenta che me l'abbia detto, ma penso che dovremmo informare la polizia.»

Abby sembrava nervosa, ma annuì. «Va bene, ma non posso nemmeno dire loro se manca qualcosa.»

«Sì, ma almeno così la polizia saprà di un altro furto avvenuto proprio quando sono accaduti tutti gli altri. Con una bella casa come quella e la proprietà su cui si trova, è sorprendente che nessuno della tua famiglia si sia interessato.»

La sua fronte si aggrottò mentre deglutiva e sistemava gli occhiali. «Beh, ce n'è uno. Ho un altro cugino di Boston: Richard Burroughs. È un nipote della parte di mia madre. So che sembra contorto, ma credo che sia il nipote della sorella della cugina di mia madre o qualcosa del genere. Comunque, mi ha chiamato riguardo alla casa dopo che l'ho ereditata e mi ha chiesto se intendo venderla. Non so cosa voglio fare, e questo è quello che gli ho detto. Poi aveva tutte queste domande al riguardo. Probabilmente penserai che sono pazza...» Le sue parole si spensero mentre si fermava, inclinando la testa di lato e valutandomi. Sembrava un po' esitante.

«Abby, vivo a Charm Cove. Sai cosa dicono di questa città. Qui ci sono tutti i tipi di magia. Non c'è molto che tu possa dirmi che penserei sia pazzo. Di cosa sei così preoccupata?»

Abby si morse il labbro, lasciandosi sfuggire un piccolo sospiro. «La cugina di mia madre era presumibilmente una strega, o così dicono.

Non ci avevo mai pensato molto, finché non ho ricevuto questa casa e finché mio cugino Richard non ha chiamato.»

«Cosa sa Richard del fatto che tua cugina fosse una strega?» chiesi, il mio tono calmo che mascherava la mia eccitazione interiore. Finalmente, *finalmente*, questo potrebbe portare da qualche parte utile.

A questo punto, il mio radar stava impazzendo dentro di me. La mia mente sembrava come quando una bussola non era centrata sul vero nord, e girava semplicemente in cerchio. Quel familiare formicolio mi corse su per la spina dorsale, sulle spalle e fino alla punta delle dita, lasciando le mie mani formicolanti. Richard doveva essere la persona all'altro capo di quella telefonata quando ero in casa. Se i Proctor erano streghe, allora forse anche Richard lo era.

«Beh...» iniziò Abby, le sue parole ancora lente come se si aspettasse che le dicessi che era pazza. Non sapeva che stava in piedi davanti a una vera strega. «Richard pensa che ci sia della magia nella casa. Mi ha detto tutte queste cose pazze. Voleva che trovassi alcune cose lì, ma non riesco a trovare nulla. Le scatole di sopra sono piene di cose come tendaggi, lenzuola e libri. Non ci sono bacchette magiche o altro che non siano cose completamente ordinarie. Non che io pensi che solo le bacchette possano essere magiche, ma in qualche modo, dubito che tendaggi polverosi lo siano.»

Il suo commento mi ha ricordato che mi stavo sentendo un po' troppo a mio agio con lei. Era entrata qui due volte facendo domande precise sulle nostre bacchette. Forse sapeva più di quanto lasciasse intendere, e stava cercando di fare la finta tonta solo per farmi dare più informazioni.

«Ti è mai venuto in mente che Richard potrebbe essere stato quello che ha fatto irruzione nella casa se sta facendo così tante domande al riguardo?»

Gli occhi di Abby si spalancarono, e le narici si dilatarono. «Mi sono un po' preoccupata», disse infine. «Ma vive a Boston e non è mai stato qui vicino.»

«Facciamo venire qui il capo della polizia adesso. Cosa ne pensi? Puoi rilasciargli la tua dichiarazione e poi portarlo a casa tua.»

Abby annuì esitante. Non aspettai per darle la possibilità di tirarsi indietro, quindi chiamai rapidamente Daniel, che disse che sarebbe arrivato a breve. Fu qui in pochi minuti.

Dopo aver preso la dichiarazione di Abby, salutò con la mano mentre uscivano dal negozio per andare a controllare la sua casa. Ero assolutamente impaziente di chiamare mia madre da quando Abby si era sfogata, quindi ero più che sollevata di avere finalmente un po' di privacy nel negozio.

Dopo aver chiuso, mi affrettai sul retro e mi assicurai che tutto fosse sicuro per la notte. Solo quando fui al sicuro nella mia auto feci la chiamata. Dopo aver chiamato mia madre durante il tragitto verso casa e averla aggiornata, chiamai rapidamente Liam. Quando non rispose, lasciai un messaggio.

«Immagino che probabilmente verrai comunque, ma ho delle novità. A presto.»

Arrivando a casa, Ghost balzò dalla mia spalla al pavimento nel suo solito saluto. Con la coda che si agitava, mi guardò mentre mi chinavo per accarezzarlo. Dopo averlo nutrito, controllai il telefono, chiedendomi se ci fossero altri aggiornamenti. Mentre iniziavo a diventare impaziente, mi resi conto che se Abby ci stava dicendo la verità, gli unici aggiornamenti che Daniel avrebbe avuto sarebbero stati il controllo della sua casa. Visto che Abby non sapeva nemmeno cosa mancasse dalla soffitta, non ci sarebbe stato molto da imparare.

Per non parlare del fatto che Daniel non era propenso a chiamarmi con un aggiornamento personale. Sai, l'integrità della sua indagine e tutto il resto.

Avevo appena versato un bicchiere di vino e stavo fissando l'interno del frigorifero mentre valutavo cosa preparare per cena quando ci fu un colpo secco alla porta. Girandomi, fui contenta di vedere Liam entrare. «Ehi, ho ricevuto il tuo messaggio», chiamò.

Togliendosi la giacca e appendendola, si tolse gli stivali prima di attraversare la cucina. Abbassando la testa, catturò le mie labbra in un rapido bacio. In qualche modo, non importa quante volte baciassi Liam Good, mandava sempre calore nelle mie vene e farfalle che volteggiavano nella mia pancia.

Quando si ritrasse, i suoi occhi lampeggiarono scuri, la promessa contenuta lì mi mandò un brivido caldo. Turbata, mi girai, aprendo di nuovo il frigorifero e chiedendo da sopra la spalla: «Birra?»

«Assolutamente», rispose.

Diceva qualcosa il fatto che ora tenessi una confezione da sei della sua birra preferita nel mio frigorifero. Era qui quasi ogni sera. Per un attimo, la mia mente iniziò a girare su questo e su cosa significasse tutto. Con una spinta decisa, riportai l'attenzione sulle ultime rivelazioni.

Scivolando sullo sgabello di fronte a lui al bancone, gli passai la birra, insieme all'apribottiglie. Una volta rimosso il tappo, fece un lungo sorso dalla bottiglia mentre faceva oscillare distrattamente il tappo avanti e indietro sul bancone sotto il dito.

«Sto morendo di fame», dissi. «Dovremmo ordinare una pizza?»

«Per me va bene.» Tirando fuori il telefono dalla tasca, inarcò un sopracciglio. «Pepperoni o greca?»

«Che ne dici metà e metà?»

L'angolo della sua bocca si sollevò in un sorriso mentre chiamava rapidamente e ordinava la pizza. Dopo aver terminato la chiamata, mise il telefono sul tavolo. «Beh, quali sono le novità?»

«Oh, dunque Abby Proctor è passata dal negozio.»

Annuì. «Oh, sì. Ho notizie su quelle due famiglie da mia madre. Prima tu, però.»

«Beh, Abby è passata al negozio questo pomeriggio. Era tutta nervosa nel parlarmi e poi mi ha detto che anche quella casa estiva che ha appena ereditato era stata svaligiata, come l'avevo sentita menzionare durante quella chiamata. È successo subito dopo il suo arrivo. L'unico motivo per cui ha notato qualcosa è perché era andata in soffitta e aveva lasciato aperta la porta. Quando è tornata più tardi, la porta era chiusa. Ha detto che le scatole lassù erano un disastro.»

Liam inclinò la testa di lato e annuì lentamente. «Ha idea di cosa manchi?»

«No», dissi con un sospiro prima di prendere un sorso del mio vino. «È lì da poco. L'ho convinta a chiamare Daniel per fare un rapporto. Per quanto ne sa Abby, la cugina di sua madre, che le ha lasciato la casa, non aveva figli. Quando i genitori della cugina sono morti, è stata spedita a stare con i parenti di suo padre. Dopo di che, la casa è rimasta lì per tutto quel tempo. Inoltre, ha un cugino di nome Richard di Boston che è stato un po' insistente con lei riguardo alla casa. Vuole che gliela venda. Ha detto che pensa ci sia della magia nella casa e ha fatto tutte queste domande al riguardo.»

Facendo una pausa, presi un altro sorso del mio vino, alzando il dito quando iniziò a parlare. «Aspetta. Quindi Daniel è andato a controllare la casa, ma prima di tutto questo, mia madre è passata. È abbastanza sicura che chiunque stia prendendo tutte quelle cose sia probabilmente di una famiglia che ha perso il suo potere. Tutto porta a utilizzare un incantesimo per cercare di reclamarlo.»

Gli occhi di Liam si strinsero, il suo sguardo preoccupato. «Non sembra tanto buono.»

«Esatto. Voglio dire, se è per scopi benigni, è comunque preoccupante perché probabilmente non sapranno nemmeno come usare la loro magia, ma se qualcuno sta cercando di farlo e ha cattive intenzioni, allora abbiamo un vero problema. Non riesco a pensare a nulla di peggio di qualcuno che è alla ricerca di magia nera e non sa come usare il proprio potere.»

«Dannazione», mormorò Liam sottovoce prima di prendere un sano sorso della sua birra.

«Quindi cosa ha scoperto tua madre sui Proctor?»

«Oh, giusto. La cronologia sembra giusta per l'ultima famiglia che veniva regolarmente nella casa. Conosci mia madre; è tutta incentrata sulla genealogia. Stava scavando su alcuni siti web, ma ha anche tirato fuori tutti i suoi vecchi libri con gli alberi genealogici delle diverse famiglie di streghe. Quello che ha trovato si adatta perfettamente a ciò che preoccupa tua madre. Nessuna delle famiglie nella storia recente che venivano a quella casa estiva aveva la magia. In effetti, si presumeva che non fossero streghe. Ma ne ha tracciato la linea, e tre rami della famiglia Proctor avevano lasciato Salem nel mezzo dei processi alle streghe di Salem. Tutti e tre quei rami si sono persi nella storia. Per quanto ne sa chiunque, nessuno di loro ha continuato a usare il proprio potere. Uno di quei rami è finito nel New Hampshire e poi un altro nell'area di Boston. Quel foglio che avevi con le famiglie elencate?»

Annuii, riconoscendo che sapevo cosa intendesse.

«Comunque, i Burroughs erano un'altra famiglia con alcuni rami che lasciarono l'area durante i processi. Sia un Proctor che un Burroughs furono uccisi durante i processi alle streghe di Salem. La stessa cosa per le famiglie Burroughs che se ne andarono: non rimasero in contatto con nessuno, e non ci sono registrazioni da nessuna parte sul loro uso della magia. Mia madre è giunta alla stessa conclusione della tua. Tutti i segnali indicano che si tratta di qualcuno che sta cercando di reclamare il potere della propria famiglia. Pensi che sia Abby?»

Presi un altro sorso del mio vino proprio mentre suonava il campanello. Liam si alzò rapidamente. «Ci penso io», chiamò da sopra la spalla.

«Hai bisogno di soldi?» gli gridai in risposta.

Scosse la testa mentre apriva la porta. Tirando fuori il portafoglio, consegnò una banconota da venti dollari, prese la pizza e salutò il fattorino, dicendogli di tenere il resto come mancia.

Ci sistemammo per goderci la nostra pizza. Tra un boccone e l'altro, tempestai Liam con qualche altra domanda su ciò che sua madre aveva scoperto sulla famiglia Proctor. Mentre stavo mettendo i nostri piatti nella lavastoviglie e chiudendo la scatola della pizza per far scivolare gli avanzi nel frigorifero, diedi un'occhiata. «Quindi cosa facciamo?»

Gettò la bottiglia di birra nel bidone del riciclo sotto il lavandino e poi si diresse verso il divano mentre lo seguivo. «Supponendo che possiamo capire chi sia, non sono sicuro. Quando stavo parlando con mia madre ieri sera, ha detto che non c'è alcun incantesimo per impedire a qualcuno che ha un potere effettivo di reclamarlo.»

«Sì, è quello che ha detto anche mia madre. Spero solo che possiamo scoprire chi sia. Forse non hanno cattive intenzioni. Eppure, come farebbero a scoprirlo?»

«Scoprire cosa?» chiese mentre ci sistemavamo sul divano, e si sporgeva in avanti per prendere il telecomando dal tavolino.

«Scoprire che discendevano da streghe? A meno che la famiglia non sia aperta su questo - il che, se hanno perso l'uso del loro potere, probabilmente non lo sarebbe - come lo saprebbero?»

Liam scrollò le spalle. «Se è un Proctor o un Burroughs, possono certamente scoprire attraverso la loro storia familiare che avevano membri della famiglia che sono morti nei processi alle streghe di Salem. Non è che il loro potere scompaia completamente. Semplicemente non sanno come usarlo, e diventa debole. Devono reclamarlo per rafforzarlo abbastanza da poterlo usare.»

Feci un respiro profondo, lasciandolo uscire con un lento sospiro. «Giusto. Mi preoccupa solo.»

Liam allungò il braccio sulle mie spalle, sistemandomi nell'incavo del suo. «Preoccupa chiunque ne sia a conoscenza. Ci stiamo arrivando. Con Abby che parla, che sia coinvolta o meno, si apre un'altra porta. Dovremo far incontrare tua madre con lei perché se sta nascondendo qualcos'altro, tua madre lo saprà», offrì con una risata bassa.

«Certo. Ha chiesto a Daniel di chiamarla se Abby fosse in commissariato nei prossimi giorni. Ho anche promesso di mandarle un messaggio se Abby si fosse presentata al negozio. La conosci; lascerà tutto e correrà.»

Liam accese la televisione, e mi rannicchiai contro di lui, sentendo la tensione della giornata sciogliersi. La mia mente stava ancora girando su tutto questo, ma non c'era molto altro che potessi fare stasera.

Devo essermi addormentata sul divano perché mi svegliai tra le braccia di Liam mentre mi portava di sopra in camera da letto. La foschia del mio sonno fu appena perforata. Ricordo di essermi rannicchiata vicino al suo fianco sotto le fresche lenzuola e di aver pensato che forse, solo forse, dovevo smettere di fare scommesse con lui.

CAPITOLO QUINDICI

Ore dopo – non avevo idea di che ora fosse – Ghost miagolava incessantemente. Mi svegliai nello stesso momento in cui lo fece Liam. Il suo braccio era avvolto attorno alle mie spalle, il palmo della mano che scivolava lungo la mia schiena in una carezza rassicurante.

«Che diavolo ha Ghost?» mormorò Liam, con la voce roca dal sonno.

Scossi la testa perché ero ancora mezza addormentata. «Non lo so.»

Mi sollevai lentamente, appoggiandomi alla testiera per vedere Ghost seduto ai piedi del letto con la coda che si muoveva avanti e indietro sul piumone. Nonostante fosse buio, spiccava con il suo pelo bianco e la luce argentea della luna che filtrava dalle finestre.

«Che succede, Ghost?» chiesi.

La sua risposta fu di continuare a miagolare, poi graffiò il piumone quando non mi mossi.

«Qualcosa lo sta disturbando,» dissi infine.

Scivolai fuori dalle coperte e indossai la vestaglia, camminando in punta di piedi nel corridoio e guardando oltre il balcone verso il piano di sotto. La casa era silenziosa, addormentata nell'oscurità come il resto del mondo, eppure Ghost era tutto tranne che tranquillo.

Quando mi alzai, mi seguì, intrecciandosi tra le mie caviglie e miagolando incessantemente.

Proprio mentre stavo iniziando a chiedermi se ci fosse forse un animale selvatico fuori, o qualcosa del genere, sentii il debole suono di una vibrazione contro una superficie dura. Guardando di nuovo giù oltre la ringhiera, vidi lo schermo del mio telefono illuminato. Sia io che Liam avevamo lasciato i nostri telefoni sul bancone della cucina. Il suo si illuminò subito dopo il mio.

Quando lo sentii avvicinarsi da dietro, mi voltai, e quasi mi si seccò la bocca. Perché era davvero ridicolo nei suoi slip aderenti con quel petto muscoloso. Il mio cuore diede un forte colpo, e la mia pancia fece immediatamente un rapido salto.

Ma non era il momento. «Stanno squillando entrambi i nostri telefoni,» dissi mentre mi precipitavo giù per le scale per afferrare il mio.

Non guardai nemmeno lo schermo mentre premevo il pulsante per rispondere alla chiamata. Prima che potessi parlare, zia Lea stava praticamente urlando nel mio orecchio. «Le gemelle sono sparite!»

Liam stava prendendo il suo telefono al mio fianco, i suoi occhi si allargarono quando sentì chiunque fosse dall'altra parte. Presumo fosse Jacob, se non altro perché sarebbe stato probabilmente più calmo di quanto fosse zia Lea in questo momento.

«Zia Lea,» dissi, con la paura e la preoccupazione che mi attanagliavano il petto. «Dimmi cosa sta succedendo.»

Sentii Liam allontanarsi, il basso rimbombo della sua voce proveniva dall'angolo della stanza mentre parlava con Jacob. Si fermò, guardandomi e mimando con le labbra «*Jacob*», prima di voltarsi.

Zia Lea, che di solito era calma e controllata anche nelle situazioni difficili, sembrava semplicemente fuori di sé. «Non lo so! Mi sono svegliata. Non so perché, è successo e basta. Sai che non dormo mai tutta la notte comunque. Ma sono andata in corridoio a controllare le ragazze per abitudine. Non erano nella loro camera da letto, quindi ho pensato che fossero di sotto nella sala TV. Non si trovano da nessuna parte! Hai idea di dove potrebbero essere andate?»

Sinceramente non ne avevo. Anche se le gemelle amavano sicuramente combinare qualche piccola marachella, come tredicenni, erano piuttosto tranquille per quanto riguarda queste cose. Erano brave ragazze, prendevano bei voti e, per la maggior parte, facevano ciò che veniva loro chiesto. Ero sconvolta nell'apprendere che erano sgattaiolate fuori di casa. Ciò che mi preoccupava era la possibilità che qualcuno le avesse prese, ma non volevo dirlo ad alta voce. «Zia Lea, devi calmarti. Hai chiamato mia madre?»

«No, ho chiamato prima te. Passi ogni pomeriggio con loro, e ti ammirano così tanto. Pensavo che forse avresti avuto qualche indizio su dove sarebbero potute andare.»

Feci un respiro profondo, imponendo al mio stomaco di smettere di agitarsi. Mentre mi giravo per guardare in direzione di Liam, lui stava abbassando il suo telefono. Camminò al mio fianco, facendo scorrere la mano lungo la mia schiena. «Corro di sopra a vestirmi. Vuoi venire con me?»

«Zia Lea, Liam mi porterà a fare un giro in macchina per la città, e poi verremo lì da te. Forse sono solo fuori.»

«Fa troppo freddo per questo!» esclamò.

«Va bene,» dissi, cercando di mantenere la voce calma. «Devo andare a cambiarmi, così possiamo venire da te. Perché non chiami mia madre?»

«D'accordo, d'accordo,» rispose, con la voce ancora acuta.

Riattaccai rapidamente, guardando Liam mentre ci affrettavamo su per le scale. «Cosa ha detto Jacob?»

«Non lo sa nemmeno lui. Ovviamente, è piuttosto preoccupato. Sta andando nella camera delle gemelle per vedere se riesce a percepire incantesimi o tracce di qualcosa.»

La mia mente ripercorse i pomeriggi passati con loro, cercando di pensare se avessero lasciato degli indizi mentre mi vestivo frettolosamente. Infilai un paio di pantaloni della tuta e una vecchia felpa prima di tirare su un paio di calzini e affrettarmi dietro Liam, che si stava infilando i jeans e una maglietta. Nel giro di pochi minuti, avevamo scarpe e giacche addosso e ci dirigevamo nell'oscurità fredda dell'autunno.

Non volevo nemmeno contemplare l'idea che le gemelle fossero fuori con questo tempo. Probabilmente ci saremmo svegliati con la brina sul terreno. L'aria aveva un morso feroce, l'inverno stava appena affondando i denti nell'aria notturna.

Mentre Liam sfrecciava lungo la strada costiera dalla mia dependance verso quella di zia Lea e Jacob, guardai l'oceano. Le stelle brillavano intensamente contro il cielo. La luna era alta sopra l'oceano, gettando un percorso scintillante sulla sua superficie, ondeggiante con le onde che si infrangevano sulla riva.

«Non è da loro,» dissi, guardando Liam.

La sua mano era agganciata al volante, e i suoi occhi fissi sulla strada. «Dobbiamo chiamare Daniel,» offrì come risposta.

«Oh, giusto,» dissi, tirando rapidamente fuori il telefono dalla tasca e cercando il suo numero.

«Daniel,» dissi non appena rispose. La sua voce era assonnata. Non mi era nemmeno passato per la mente se fosse in servizio. «Sono Moira. Scusa se ti chiamo adesso, ma Celia e Delia sono scomparse.»

Potevo sentirlo svegliarsi di colpo attraverso la linea telefonica. «Cosa?»

Sentii la voce di Zoe in sottofondo, che chiedeva cosa stesse succedendo.

«È così. Liam ed io stiamo andando a casa di Jacob e Lea in questo momento se vuoi raggiungerci lì.»

«Sarò lì a breve,» disse rapidamente Daniel, la linea che si chiudeva nel mio orecchio.

Zia Lea e Jacob vivevano dalla parte opposta del centro città. Charm Cove era deliziosa anche nel cuore della notte. I lampioni delineavano la forma della città nell'oscurità, e il centro era finalmente silenzioso. Avrei voluto vederla così più spesso, preferibilmente quando non ero terrorizzata per la sorte delle mie due giovani cugine.

Mentre Liam rallentava attraversando la città, mi guardai intorno, cercando qualcosa di insolito, ma non notai nulla. L'ansia mi attorcigliava lo stomaco, la preoccupazione vorticava come una pazza nei miei pensieri. Semplicemente non riuscivo a capire in quali circostanze le gemelle avrebbero deciso di sgattaiolare fuori. La conclusione a cui la mia mente continuava a tornare era che ci fosse qualcosa di sinistro in corso.

Quando arrivammo a casa di Lea e Jacob, i miei genitori stavano arrivando nello stesso momento. Potevo vedere mia madre con il telefono premuto all'orecchio nel bagliore della luce dell'auto quando mio padre aprì la sua portiera.

«Ehi, papà,» lo chiamai mentre scendeva.

Liam infilò la sua mano intorno alla mia, il nostro respiro che si condensava nell'aria fresca mentre ci affrettavamo lungo il vialetto verso la casa. Come tante famiglie a Charm Cove, Lea e Jacob vivevano in una vecchia casa coloniale. Era un perfetto rettangolo a due piani. Senza preoccuparci di bussare, entrammo direttamente dall'ingresso principale, la pesante porta che echeggiava nell'atrio mentre si chiudeva dietro di noi. Solo allora mia madre interruppe la sua telefonata. Zia Lea venne volando lungo il corridoio nell'atrio, la sua vestaglia che vorticava dietro di lei. Gettò le braccia intorno a mia madre.

«Camille! Non so dove sono!» si lamentò.

Le sue guance erano umide, e i suoi occhi rossi per il pianto. Nel frattempo, Jacob non si trovava da nessuna parte.

«Dov'è Jacob?» chiese mio padre.

Zia Lea fece un passo indietro e guardò mio padre. «È andato di sopra nella loro stanza. Sta controllando se riesce a percepire qualcosa lì dentro.»

«Ti dispiace se vado su?» chiesi.

Zia Lea scosse rapidamente la testa. Per una volta, non sembrava perfettamente in ordine. Nemmeno mia madre, anche se si era cambiata da quelli che sapevo essere i suoi soliti pigiami di seta in un paio di pantaloni morbidi di cotone e una felpa coordinata con una giacca a vento.

Guardai Liam. «Vuoi venire con me?»

Lui scosse la testa. «Parlerò con Gabriel,» rispose, indicando con il mento mio padre che stava camminando verso la porta sul retro all'altra estremità del corridoio che si estendeva dall'atrio. Che le ragazze fossero scappate o che qualcuno fosse entrato in casa per prenderle, era improbabile che fossero passate dalla porta principale.

Mi chiesi distrattamente se qualcuno che conoscevamo avesse abbastanza potere per trasportarle in qualche modo. Non ne ero a conoscenza ed ero sicura che lo avrei saputo se qualcuno l'avesse fatto. Quel tipo di magia era qualcosa di cui si sentiva parlare nelle vecchie leggende, ma non c'erano storie confermate. Sebbene i furti avessero messo in allerta l'intera città nel mondo delle streghe, quel tipo di vibrazione sinistra non era emersa sotto la superficie. Mi dissi che avremmo percepito qualcosa del genere.

Salendo velocemente le scale, percorsi il corridoio, i miei passi che echeggiavano mentre guardavo attraverso la porta della camera da letto delle gemelle. Zio Jacob era già un uomo alto e imponente, ma lì dentro sembrava ridicolmente enorme. In piedi in una camera da ragazze con due letti singoli contro le pareti e tutto decorato in tonalità di rosa e lavanda, dire che era fuori posto era un eufemismo.

Alzò lo sguardo quando entrai dalla porta, i suoi occhi acuti e concentrati. «Non c'è niente,» disse dolcemente. «Sono sicuro che nessuno è stato in questa stanza oltre a loro.»

Jacob poteva percepire le cose dopo che erano accadute. Mentre quello era un potere speciale, c'era un altro potere. Un potere unico per le donne: sapevo cosa significava essere un'adolescente. I miei occhi scrutarono la stanza, cercando dove le ragazze potessero aver tenuto appunti, scarabocchi o addirittura diari personali. Il mio sguardo si posò su una scrivania tra i loro due letti. Un quaderno rosa brillante era posto da un lato. Indovinai che fosse di Delia perché era rosa. Le ragazze erano molto precise sul fatto che una di loro potesse indossare il rosa e l'altra il lavanda. Anche la loro magia corrispondeva, emettendo il rispettivo bagliore dei loro colori.

Passando accanto allo zio Jacob, sollevai il quaderno e lo aprii. C'erano piccoli scarabocchi, una poesia d'amore scritta per qualche ragazzo sconosciuto. Scorsi, sfogliando verso la fine perché la parte iniziale sembrava piena di frivolezze. In fondo c'era un altro insieme di note.

Leggendole, vidi alternarsi la calligrafia di Celia e Delia. Mi resi conto che avevano preso appunti nelle settimane dopo i furti. Sembrava che stessero cercando di risolvere il mistero da sole. Avevano documentato una cronologia piuttosto dettagliata, che, fino ad ora, era stata contenuta solo nella mia testa.

Mentre i miei occhi scorrevano la pagina, vidi l'ultima nota con la menzione di quando Beatrice ci aveva avvicinato nel parco per discutere dell'uomo che aveva visto.

Alzai lo sguardo verso Jacob. «Questo non mi dice molto, ma mi chiedo se dovremmo andare in centro.»

Jacob inarcò un sopracciglio, la sua domanda silenziosa.

«Beh,» iniziai, sollevando il quaderno rosa brillante, «sembra che le gemelle abbiano preso nota di tutto ciò che hanno appreso sui furti. Sai quanto sono curiose. Amano risolvere le cose. Beatrice Powers mi ha avvicinato l'altro giorno quando ho portato le gemelle a prendere un caffè da Magic Beans. Ci ha parlato di un uomo che aveva visto in centro già due volte. Mentre non penso che sia da loro sgattaiolare fuori per divertimento, posso assolutamente vederle sgattaiolare fuori per fare qualcosa del genere. Lo adorerebbero. E non c'è modo che lo chiederebbero perché sanno che diresti di no.»

Prima ancora che finissi di parlare, Jacob si stava voltando e camminando rapidamente lungo il corridoio mentre chiamava zia Lea. Ci riunimmo in cucina al piano di sotto.

«Perché non vado prima da sola? Posso trasportarmi direttamente nel negozio. Potete raggiungermi lì,» suggerii.

Tutti annuirono simultaneamente, ma mia madre aggiunse un avvertimento. «Stai attenta e vai via subito se non è sicuro.»

«Certo, mamma. Ma non vado da nessuna parte se le gemelle non sono al sicuro.»

Liam incontrò i miei occhi. «Saremo proprio dietro di te.»

Mi allontanai, feci un respiro profondo, chiusi gli occhi e mi concentrai. In un attimo, potevo sentire il potere crescere fino a una cresta dentro di me. Era come un'onda che si infrangeva dentro ogni volta che lanciavo questo incantesimo.

CAPITOLO SEDICI

Fumo luccicante vorticò nell'aria attorno a me, e scomparvi al suo interno, riapparendo nel bagno sul retro di Niente Incantesimi.

Mi fermai un momento per raccogliere le idee. Il negozio era completamente silenzioso sul retro, ma percepivo che c'erano persone. Non perché qualcuno stesse facendo rumore, ma perché potevo sentire l'elettricità nell'aria.

Affrettandomi, attraversai la tenda di perline, e la mia bocca si spalancò alla vista di ciò che avevo davanti.

Un uomo che corrispondeva alla descrizione che Beatrice ci aveva dato, con capelli sale e pepe e una corporatura alta e snella, stava in piedi al centro del negozio. Aveva una bacchetta e una delle pozioni del retro nelle mani. Sembrava anche piuttosto infastidito. Le gemelle stavano ai suoi lati tenendolo fermo con - avete indovinato - cerchi rosa e viola. Anche in una situazione di stress, i loro colori distintivi lasciavano il segno.

Individualmente, Celia e Delia non sarebbero state in grado di eseguire questo incantesimo, ma insieme ci riuscivano.

Celia mi guardò dall'angolo, sorridendo ampiamente. «Guarda, Moira! Lo abbiamo preso!»

Oh cielo, oh diamine. Lo avevano preso davvero, ma non sapevo per quanto tempo avrebbero potuto trattenerlo. Avevamo bisogno di più aiuto oltre a me per mantenere la situazione sotto controllo.

«Vedo, ragazze», dissi. «Resistete e presto avremo altro aiuto qui.»

Avrei tanto voluto avere la capacità di trasportare altre persone insieme a me.

Mandai velocemente un messaggio a Liam. *Vieni subito. Al negozio, ho bisogno di aiuto.*

Onestamente non sapevo per quanto tempo le gemelle avrebbero potuto trattenere quest'uomo, né avevo idea se lui avesse dei poteri propri. Tutto quello che sapevo era che era certamente arrabbiato.

Mentre stavo lì, riflettendo su come avrei potuto aiutare le gemelle, l'uomo in questione mi guardò, con sguardo cupo. «Questo non è necessario», sputò fuori.

Avvicinandomi ai cerchi che lo circondavano, mi appoggiai una mano sul fianco. «Beh, è piena notte, e sei entrato con effrazione in questa attività. Di nuovo. Presumo che tu sia responsabile anche di tutti gli altri furti in città.»

La bocca dell'uomo si contorse in un ghigno. «Ti piacerebbe presumere questo? Non ho alcun potere. Quindi se mi lasciano andare, possiamo semplicemente parlarne.»

Scossi la testa. «Assolutamente no. Non ho alcun motivo di fidarmi di te.»

Mentre parlavo, i pensieri mi vorticavano nella mente. Per cominciare, non sembrava turbato dal fatto che cerchi luminosi rosa e viola creati da gemelle adolescenti identiche lo tenessero attualmente fermo. Chiunque non fosse a conoscenza della magia sarebbe stato un po' scosso dalla situazione. Quindi conosceva la magia e conosceva il suo potere.

Fui sollevata quando sentii la maniglia della porta d'ingresso agitarsi, e mi affrettai ad aprirla. Jacob e mio padre entrarono per primi, entrambi alti e imponenti, due stregoni con decenni di affinamento del loro potere. Non che fossero più potenti di qualsiasi strega, sia chiaro, ma la loro presenza era leggermente più minacciosa perché erano alti, forti e in quel momento sembravano arrabbiati.

Mio padre si mise dall'altra parte dell'uomo, di fronte a me nei cerchi. Il suo sguardo esaminò lo spazio, un sorriso che gli giocava agli angoli della bocca. Quando guardai Jacob, la sua espressione arrabbiata si era trasformata in un ampio sorriso. Entrambi erano chiaramente divertiti da ciò che le gemelle erano riuscite a fare.

Mia madre, zia Lea e Liam entrarono di corsa nel negozio entro pochi minuti. Liam mise in tasca le chiavi mentre varcava la porta. Girò intorno al cerchio per stare al mio fianco. Chinandosi, mi sussurrò all'orecchio: «Daniel sta arrivando. Dovrebbe essere qui a momenti.»

Non ero più preoccupata che l'uomo potesse liberarsi, eppure non sapevo se avesse effettivamente dei poteri. Mentalmente, controllai come i vari poteri tra noi potessero aiutare. Liam aveva la capacità di ripristinare gli oggetti, il che non sarebbe stato molto utile in questo momento. Jacob poteva percepire le tracce di incantesimi, e zia Lea aveva la capacità di lanciare incantesimi di immobilizzazione, che le sue due figlie avevano chiaramente ereditato. Mia madre, tra gli altri poteri, aveva la capacità di percepire se qualcuno stava nascondendo qualcosa. Di tutti noi qui stasera, mio padre poteva essere il più utile in questo momento. Aveva la capacità di sapere se qualcuno avesse o meno poteri magici. Quello che non sapevo era se potesse farlo nel mezzo di un incantesimo di contenimento.

Prima che potessi parlare, lui rispose alla domanda per me. Guardando le gemelle, disse: «Ragazze, allargatelo un po' e fatemi entrare.»

Il resto di noi indietreggiò leggermente mentre mio padre avanzava. In un lampo, il cerchio si espanse leggermente per includerlo. Gabriel Wicked non usava spesso la sua magia, ma quando lo faceva, funzionava. Inclinò la testa di lato e sollevò una mano, facendola scorrere su e giù nell'aria di fronte all'uomo che stava nel cerchio con lui. Dopo un momento, guardò le gemelle. «Potete farlo cadere ora.»

Mentre i cerchi luminosi scomparivano, Jacob, Liam e mio padre si avvicinarono per circondare l'uomo. Sebbene la magia non potesse più trattenerlo, ciò non significava che non avrebbe semplicemente cercato di scappare.

La voce di mio padre ruppe il silenzio. «Ha un po' di magia ma non molta. Non abbastanza per combattere nessuno di noi.»

Zia Lea corse verso le gemelle, abbracciandole strette. Si tirò indietro, con una mano sulla guancia di ciascuna. «State bene, ragazze? Vi ha preso lui?» chiese.

Gli occhi delle gemelle si spalancarono simultaneamente.

«Stiamo bene, e no, non ci ha prese lui. L'abbiamo sentito parlare al telefono questo pomeriggio mentre camminavamo intorno al parco. Stava dicendo a qualcuno che sarebbe tornato in centro dopo la chiusura di tutte le attività. Così abbiamo deciso di sgattaiolare fuori. Stavamo facendo pratica con i nostri incantesimi», rispose Celia con orgoglio, mentre Delia annuiva.

Prima che avessi la possibilità di concentrarmi su questo, Jacob strinse gli occhi, concentrandosi sull'uomo di fronte a loro. «Chi sei?»

Mentre parlava, la porta d'ingresso del negozio si aprì, e Daniel entrò. Sembrava un po' assonnato, e i suoi capelli erano spettinati, ma indossava la sua uniforme di polizia e aveva le manette. Si fermò, i suoi occhi esaminando la stanza prima di mettersi al fianco di Liam.

«Presumo che quest'uomo sia entrato con effrazione nel negozio», disse rapidamente, suonando piuttosto ufficiale data l'ora tarda e il fatto che si fosse appena alzato dal letto per venire qui.

Al mio cenno del capo quando i suoi occhi si volsero verso di me, si mise al fianco dell'uomo. «Nome, per favore», disse Daniel con calma, con tono autoritario.

L'uomo, che sembrava ancora piuttosto infastidito come se lo avessimo disturbato, sospirò. «Richard. Richard Burroughs. Non c'è bisogno di rendere questa situazione più complicata di quanto debba essere. Sono amichevole», insistette.

Liam inclinò la testa di lato e lo scrutò. «Se sei così amichevole, allora perché diavolo hai fatto irruzione in vari posti in città?»

Zia Lea intervenne da dove si trovava con le gemelle. «Se pensi per un minuto che siamo così stupide, faresti meglio a ripensarci.» Si raddrizzò, i suoi occhi quasi lanciavano fiamme mentre guardava l'uomo.

Ero contenta di vederla tornare in forma. Il suo disagio di prima era stato completamente comprensibile, ma ero sollevata nel vederla tornare immediatamente alla sua solita personalità schietta e diretta.

L'uomo che ora sapevamo essere Richard Burroughs sospirò. «Guardate, so che siete tutti un gruppo di streghe, e non sto impazzendo per questo. È logico pensare che io sia amichevole. Se volessi, potrei mettervi tutti nei guai.»

Guardò Daniel come se Daniel avrebbe improvvisamente deciso che trovarsi in una stanza piena di streghe fosse un problema.

Avvicinandomi a lui con la mano di nuovo sul fianco, lo fissai. «Sei a Charm Cove, nel Maine. La maggior parte delle persone qui sono streghe. Se pensi di creare problemi rivelando questo segreto, ripensaci.»

Delia intervenne. «Sì. Affrontiamo questa situazione da secoli. Non è come se non sapessimo come proteggerci.»

Dovetti mordermi l'interno della guancia per non sorridere alle sue parole. Erano così orgogliose di se stesse. Anch'io ero orgogliosa di loro. Nessuno avrebbe detto che fosse una grande idea che fossero sgattaiolate fuori di casa per fare questo, ma avevano gestito la situazione come delle campionesse.

Quando Daniel non venne in soccorso di Richard, Richard sospirò di nuovo. «Va bene, d'accordo. Avanti, arrestatemi. Sto solo cercando di riprendere ciò che la mia famiglia non avrebbe mai dovuto perdere.»

«E cosa sarebbe?» chiese mia madre, con un tono mortalmente calmo.

Potevo sentire la rabbia vibrare sotto la superficie delle sue parole. Era molto protettiva nei confronti delle gemelle, come lo eravamo tutti noi. Qualsiasi cosa le mettesse in pericolo, anche se era stato per loro iniziativa, non andava bene per lei.

Richard borbottò mentre Daniel gli chiudeva le manette ai polsi. Ero sorpresa che Daniel non intervenisse di più, ma sembrava contento di permettere al resto di noi di tormentare quest'uomo.

«Beh, voi e le vostre famiglie siete usciti da Salem in tempo per stare al sicuro. Non è stato così per tutti. Le streghe dovrebbero prendersi cura l'una dell'altra», disse Richard mentre Daniel sistemava le manette sui suoi polsi.

«Quindi sei un discendente del Burroughs che è morto durante i processi alle streghe?» chiese Liam.

Richard annuì. «Sì», disse bruscamente. «Non tutti noi siamo scampati sani e salvi. La mia famiglia è fuggita e ha rinunciato alla magia, quindi l'abbiamo persa. Volevo solo riprendere ciò che avrebbe dovuto essere nostro fin dall'inizio.»

CAPITOLO DICIASSETTE

Sentii un moto di compassione per quell'uomo. Non riuscivo proprio a immaginare cosa significasse sapere di avere il dono del potere, ma troppo debole per essere usato. Anche se avevo tentato di allontanare il mio stesso potere, era diverso perché era stata una mia scelta sconsiderata. Avevo avuto il potere; l'avevo solo lasciato quasi inattivo per alcuni anni. Mentre la conversazione continuava intorno a me, accadde una cosa strana dentro di me.

In tutto quel tempo, quando fuggivo dal mio destino e cercavo di nascondermi dalla natura della strega che ero, non mi aveva mai sfiorato la mente cosa sarebbe potuto succedere se avessi realmente avuto successo. Se avessi davvero chiuso quella parte di me, avrei potuto creare una situazione come quella dell'uomo che ora stava davanti a me. Dopo alcune generazioni, il suo potere si era diluito fino a diventare quasi nullo perché nessuno nelle generazioni precedenti l'aveva mantenuto e nutrito come necessario. Perché, vedi, era un dono, un dono diverso da qualsiasi altro sul pianeta. Quelli di noi che lo possedevano dovevano onorarlo per quello che era.

In un lampo, il peso del mio destino mi colpì di nuovo, e mi sentii improvvisamente sopraffatta. Avevo completamente perso il filo della conversazione intorno a me, ma Liam doveva aver percepito qualcosa perché sentii la sua mano avvolgere la mia, la sua stretta calda e forte che mi calmava e mi centrava. Alzando lo sguardo, incontrai quegli occhi perspicaci che mi conoscevano così bene.

Per un momento, il respiro mi si bloccò, il cuore si strinse e lo stomaco si contorse.

Fui strappata dalla mia fantasticheria quando zia Lea quasi urlò: «Mascalzone! Come osi insinuare che le mie ragazze abbiano fatto qualcosa di sbagliato!»

Distolsi l'attenzione da Liam per guardarla. Con i capelli sciolti e nella sua vestaglia, sembrava selvaggia.

Daniel sembrò finalmente decidere che lasciare che un gruppo di streghe interrogasse Richard nel mezzo della notte potesse non essere il miglior piano. «Va bene, va bene», disse, alzando il palmo della mano. «L'ho già arrestato, quindi ora stiamo andando alla stazione. Lì farò un interrogatorio formale. Siete liberi di venire, ma questa è una cosa ufficiale.»

Tutti parlarono uno sopra l'altro mentre Daniel si girava e camminava verso l'ingresso con Richard ammanettato al suo fianco. Daniel si voltò indietro con uno sguardo eloquente. «Alcune cose devono passare attraverso i canali ufficiali.»

Gli adulti fecero tutti silenzio. Manteniamo la pace con il capo della polizia di Charm Cove lasciandogli fare il suo lavoro. Nel frattempo, le gemelle continuavano a ridacchiare eccitate, con i gomiti intrecciati. Guardammo mentre Daniel se ne andava con Richard, mettendolo sul retro della sua auto di pattuglia proprio mentre un'altra auto arrivava per seguirlo nel breve tragitto verso la stazione di polizia.

Rimanemmo nel negozio insieme. Mi guardai intorno, e il mio cuore si sentì stranamente pieno. Non sapevo cosa ci fosse in questo particolare momento, ma la profondità e l'ampiezza della storia e del potere nella stanza mi travolsero come un'onda.

Lasciando la mano di Liam, andai dalle gemelle, abbracciandole entrambe e facendo un passo indietro per stringere le loro spalle. «Beh, ci avete fatto spaventare a morte, ma voi due avete gestito bene la situazione quando si è fatta critica», dissi, con un sorriso che mi si allargava sul viso.

Delia alzò il mento con orgoglio. «Sì, è vero.»

Jacob si schiarì la gola alle mie spalle. «Siamo tutti orgogliosi di voi, ma...» Le sue parole si affievolirono, e la sua voce divenne grave. «Basta con le fughe di nascosto. La prossima volta, fatecelo sapere.»

Celia intervenne. «Ma papà, non ci avresti lasciato andare.»

Delia annuì vigorosamente, avvicinandosi di nuovo alla sua gemella.

Zia Lea si posizionò dietro di loro, passando le braccia attorno alle loro spalle. «Ragazze, ne discuteremo più tardi.»

Finalmente sembrava calma, anche se ancora un po' emotiva. Quando uscimmo sulla strada, guardai Liam. Incrociando i suoi occhi, inclinai la testa di lato, sorridendo. «Pronto per tornare a casa?»

Lui abbassò lo sguardo, i suoi occhi luminosi sotto il dolce bagliore dei lampioni, e annuì. L'auto di pattuglia di Daniel si allontanò dal marciapiede mentre accendeva i lampeggianti. Guardammo le luci blu e rosse lampeggiare mentre guidava lentamente lungo Charming Way.

Guardai il nostro piccolo gruppo. «Qualcuno va alla stazione?»

Mio padre guardò mia madre mentre le porgeva la mano. «Ci andiamo noi. Voi due andate a casa. Anche Jacob e Lea devono portare a casa le gemelle.»

Il nostro gruppo si separò. Liam mi tenne la portiera mentre salivo in macchina. Quando le altre auto si allontanarono, lo guardai e lui si sporse in avanti, catturando le mie labbra in un bacio. La sua lingua scivolò lungo la linea delle mie labbra, insinuandosi per intrecciarsi velocemente con la mia prima di ritrarsi. Con il cuore che mi batteva nel petto e le farfalle che volteggiavano nello stomaco, lo fissai.

Era silenzioso mentre ci guardavamo semplicemente. Dopo qualche momento, si raddrizzò. Allacciai la cintura di sicurezza mentre lui chiudeva la portiera dell'auto. Il clic della fibbia risuonò forte nella notte silenziosa. Guidammo verso casa attraverso l'oscurità mentre guardavo l'oceano, osservando le onde che si infrangevano sulla riva con il riflesso argenteo della luna sull'acqua.

Dopo essere arrivati a casa, seguii Liam sul ponte posteriore. L'aria era fredda, e potevo praticamente sentire il gelo formarsi sulle foglie e sull'erba morente, i fiori superstiti che appassivano sotto la potenza della sua forza glaciale.

Ghost ci seguì sul portico, saltando sulla ringhiera per guardare il giardino, il suo piccolo regno felino. Inclinai la testa all'indietro, guardando il cielo notturno. Le stelle erano sparse, i loro schemi facilmente visibili mentre i miei occhi le seguivano, punti di luce che mostravano la strada verso mondi lontani da qui.

«Moira», disse Liam, con voce roca.

«Cosa?» chiesi, con un brivido che mi attraversava mentre mi giravo verso di lui, e lui prendeva la mia mano nella sua.

«Per quanto tempo continueremo a girarci intorno?» chiese.

Quella stessa sensazione che avevo provato quando eravamo tutti nel negozio mi attraversò: il mio destino e il mio fato erano proprio qui.

Con il polso che batteva selvaggiamente, sostenni il suo sguardo, un formicolio che mi saliva lungo la schiena e diffondeva calore dentro di me. Non avrei potuto distogliere lo sguardo neanche se la mia vita ne fosse dipesa.

«Non credo che ci stiamo girando intorno», dissi infine.

«No?» chiese mentre si girava per guardarmi, lasciando la mia mano e spazzando via diversi ciuffi sciolti di capelli dalla mia fronte.

Mentre li sistemava dietro il mio orecchio, un brivido caldo mi attraversò completamente.

«Va bene allora», mormorò.

Abbassando la testa, portò le sue labbra alle mie. Ci sono i baci, e poi c'è com'è baciare Liam: il ragazzo che una volta avevo amato con tutto il cuore, e l'uomo che ora conoscevo in un modo in cui non conoscevo nessun altro.

Il nostro destino brillava nell'aria attorno a noi. Anche se non pensavo proprio che ci stessimo girando intorno, non ero così sicura di cosa contenesse questo momento.

Quando si allontanò, il suo sguardo incontrò il mio: un momento blu elettrico.

CAPITOLO DICIOTTO

La mattina seguente, mi appoggiai con i gomiti sul bancone, posando il mento su una mano mentre guardavo Liam. Non ero del tutto sicura di cosa esattamente fosse cambiato tra noi la notte precedente, ma qualcosa era certamente successo. Sembrava come se l'aria attorno a noi fosse carica di emozione e destino. Nel momento stesso in cui pensai alla parola *destino*, un leggero sorriso mi incurvò le labbra. Perché a volte, non importa quanto profondamente lo sentissi - come una campana che risuonava dentro il mio corpo - tutto sembrava e suonava così sciocco e ridicolo.

Non era affatto sciocco, e le acque agitate erano profonde. Liam bevve un sorso del suo caffè dopo aver finito l'ultimo boccone della sua omelette, il suono della forchetta appoggiata sul piatto riecheggiò attraverso la stanza.

Ghost balzò sul bancone, quasi come se sapesse che avevamo finito di mangiare. Ero abbastanza sicura che lo sapesse. Seguiva le regole solo quando ne aveva voglia, come un bambino recalcitrante che occasionalmente sceglie di assecondarti.

Gli occhi di Liam incontrarono i miei mentre mi faceva l'occhiolino, alleggerendo efficacemente il momento. Ero immersa nei miei pensieri, e quello non era un posto particolarmente buono per me.

Potevo fare giri interminabili lì dentro e rimanere impigliata in ogni tipo di preoccupazione. Nessuna delle quali avrebbe fatto la differenza - era quello che era, e sarebbe stato quello che sarebbe stato. *Pensieri profondi.* Con quel mentale alzare gli occhi al cielo, costrinsi la mia mente ad andare avanti.

Per ora, per quanto ne sapevo, avevamo finalmente risolto il mistero delle rapine. Mi sentivo come se potessi respirare un po' più facilmente per la prima volta in settimane. L'uomo il cui destino era intrecciato con il mio allungò una mano e strinse la mia prima di rilassarsi sullo sgabello.

«Suppongo che dovremmo andare alla stazione e parlare con Daniel», disse.

«Suppongo che dovremmo. Non posso credere che nessuno abbia ancora chiamato questa mattina».

«Immagino che Jacob e Lea stiano rimanendo con le gemelle per la mattinata. I tuoi genitori sono probabilmente la nostra migliore scommessa per qualsiasi aggiornamento, visto che sono loro che sono andati alla stazione ieri sera. Passiamo prima a trovarli?» chiese.

Raddrizzandomi e prendendo il suo piatto, mi alzai per metterlo nella lavastoviglie accanto al mio. Girandomi, sorrisi. «Sì. Andiamo a sentire cosa ci dicono prima e poi andiamo a vedere a che punto siamo con Daniel».

Dopo una rapida sosta a casa dei miei genitori, abbiamo appreso che Richard aveva confessato le altre rapine. Sembrava pensare che non dovesse essere incriminato perché aveva sangue di strega. Mio padre aveva semplicemente scosso la testa a quella affermazione. Apparentemente, Richard era passato dal pensare di poter tenere sotto minaccia di esposizione tutte le streghe al decidere che quella fosse la sua via di fuga.

Mentre Liam guidava verso la città, lo guardai, apprezzando le linee nette del suo profilo. Non aveva avuto tempo di radersi quella mattina, e non potei resistere all'impulso di allungare la mano per far scorrere le dita lungo la barba ispida sulla sua mascella. Avevo un debole per la barba di cinque giorni, non importa l'ora del giorno.

Mi lanciò un sorriso e un occhiolino.

«Di cosa pensi che Daniel lo abbia accusato?» chiesi.

«Visto che ha confessato le rapine, sono sicuro che lo abbia accusato di questo. Penso che, come hanno detto i tuoi genitori, il nostro compito sia semplicemente di rintracciare tutto ciò che ha rubato e restituirlo ai legittimi proprietari. Non vive qui, quindi a meno che non sia riuscito a noleggiare un posto da qualche parte, immagino che abbia quegli oggetti conservati fuori città».

«Giusto, e poi dobbiamo occuparci di lui. Non lo biasimo per essere arrabbiato perché la sua famiglia ha perso potere, ma è stata colpa loro e di nessun altro. Invece di fuggire altrove, avrebbero potuto venire a Charm Cove. Sembra che la famiglia ne fosse a conoscenza, ma volevano rinnegare tutta la loro eredità di stregoneria».

Liam si fermò davanti alla stazione di polizia. Alzai lo sguardo verso il familiare edificio mentre entravamo, l'edificio che mi aveva accolto al mio ritorno non ufficiale a Charm Cove durante l'estate. L'edificio in mattoni era allo stesso tempo solenne e utilitario. Il seminterrato aveva un tempo servito come prigione, ma non più. La stazione di polizia di Charm Cove aveva una cella di detenzione al primo piano, ma chiunque fosse qui per più di quarantotto ore veniva trasferito a Brunswick in attesa di processo. Speravo che Daniel ci lasciasse parlare con Richard questa mattina.

Daniel deve averci visto avvicinare perché quando entrammo nell'area di attesa, aprì la porta laterale, facendoci cenno di entrare.

«Buongiorno, Liam, Moira», disse con un cenno del capo. «Volete del caffè?»

Liam mi guardò, alzando un sopracciglio in segno di domanda.

«Sono a posto», risposi.

«Anch'io», aggiunse.

«Seguitemi», disse Daniel, camminando lungo il corridoio e passando attraverso una porta alla fine, che conduceva nel suo ufficio. Mentre si sedeva alla sua scrivania, indicò le due sedie di fronte. Liam ed io ci sedemmo. Mi chinai in avanti, appoggiando i gomiti sulle ginocchia e andando dritta al punto. «Ho parlato con i miei genitori questa mattina. Sembra che verrà accusato delle rapine, giusto?»

Daniel annuì. «È quello che ho intenzione di fare. Lo terrò per oggi e lo interrogherò di nuovo prima di formulare accuse formali. Il pubblico ministero ha già confermato che prenderà il caso. Finora, abbiamo la sua confessione e il fatto che è stato catturato nel tuo negozio ieri sera. Ma, come sai, dovrò omettere molte cose nel rapporto di polizia di ieri sera», disse scuotendo lentamente la testa.

Anche il pubblico ministero era una strega, quindi non ero particolarmente preoccupata per quello, ma sapevo che la polizia e i tribunali dovevano gestire le questioni delle streghe, per così dire. Non potevano esattamente depositare nulla che menzionasse le gemelle che trattenevano Richard con cerchi luminosi rosa e lavanda.

«Il problema è che non sta parlando riguardo a ciò che ha preso da tutti. Tua madre ha consegnato un elenco prima di ieri sera. È abbastanza dettagliato, quindi sappiamo cosa manca a tutti. È meno chiaro cosa manchi dal faro, però. Avrei un caso migliore se potessimo mettere le mani sugli oggetti che ha preso. Non mi aspetto che mi spieghiate perché alcuni di quegli oggetti sono importanti, ma so da Zoe che lo sono».

«Ti dispiace se proviamo a parlare con lui?» chiese Liam.

«Fate pure», disse Daniel mentre si alzava dalla sedia della scrivania. «Vi accompagno da lui».

Lo seguimmo lungo il corridoio, attraverso un'altra porta, e lungo un altro corridoio fino alla cella di detenzione. Daniel portò rapidamente Richard in una piccola stanza accanto alla cella, e Liam ed io li raggiungemmo. Mi chiedevo se Daniel avesse intenzione di registrare il nostro incontro. Tutto ciò che dovevamo sapere era dove Richard aveva conservato tutto ciò che aveva preso. Ma non pensavo che potessimo fidarci che non blaterasse sugli aspetti stregoneschi di tutto questo pasticcio che aveva creato.

Una volta che la porta si chiuse dietro Daniel, Liam appoggiò i gomiti sul tavolo, inchiodando Richard con lo sguardo. «Hai intenzione di farci sapere dove hai nascosto tutto ciò che hai preso?» chiese, andando dritto al punto.

Richard scosse fermamente la testa. «Al diavolo, no. Anche se dovessi passare un po' di tempo in prigione, so esattamente dove sono quelle cose quando uscirò».

«Se pensi che non le cercheremo mentre sei dietro le sbarre, faresti meglio a ripensarci. Se vuoi aiuto per reclamare il potere della tua famiglia, potresti voler essere gentile con noi. Non stiamo dicendo che ti aiuteremo, ma o ci dai la possibilità di aiutarti, o lavoreremo contro di te», dissi, sentendo un lampo di fastidio crescere dentro.

Liam ridacchiò. «Fidati, non vorresti questo. Questa città è piena zeppa di streghe. Hai rubato oggetti da alcune delle famiglie più potenti qui intorno. Ma suppongo che tu sapessi ciò di cui avevi bisogno».

Richard abbassò lo sguardo, mormorando qualcosa a bassa voce. Quando alzò la testa, sembrava risentito e rassegnato. La pura verità era che, senza aiuto, non sarebbe riuscito a reclamare il suo potere a meno che non sapesse esattamente cosa stava facendo. Dovevo dargli credito per aver fatto delle ricerche. Aveva sicuramente esaminato gli oggetti di cui aveva bisogno.

Eppure, nonostante le sue intenzioni, non sarebbe stato facile. Non senza qualcuno che gli insegnasse come farlo. Stava giocando con la magia e non in modo positivo.

Non per progetto, ma solo perché entrambi ne comprendevamo lo scopo, Liam ed io restammo in silenzio mentre Richard contemplava le sue opzioni. Immaginavo che sebbene avesse fatto i compiti a casa, non avesse ben capito come far funzionare il tutto insieme. Accidenti, io ero nata e cresciuta in una famiglia che non faceva altro che farmi praticare incantesimi durante la crescita. Ero immersa nel destino e circondata da streghe e stregoni ovunque guardassi. Persino io avrei provato trepidazione al pensiero di realizzare ciò che lui stava cercando.

Dopo diversi lunghi momenti, sospirò pesantemente, guardandoci. «Va bene», mormorò. «Sono nel mio appartamento a Boston».

«Non saresti per caso imparentato con Abby Proctor, vero?» chiesi.

I suoi occhi si strinsero e sembrò leggermente sorpreso. Non poteva sapere che mi ero teletrasportata direttamente a casa sua e avevo sentito metà della sua conversazione con lei. Ma percepii che la mia domanda poteva aver dato loro un indizio di ciò che potevamo fare.

«Sì, è mia cugina. Perché lo chiedi?»

«L'ho incontrata un paio di volte quando è venuta nel nostro negozio. Mi sembra che tu stia cercando di costringerla a venderti quella casa. È casa sua. Se la famiglia voleva che fosse passata a lei, allora è lei che dovrebbe averla. Non puoi pasticciare con cose del genere. Se pensi che la casa stessa sia magica, non lo è. Non è così che funzionano cose del genere», spiegai.

«Beh, non puoi biasimarmi. È seduta su una maledetta fortuna», mormorò sottovoce. «Non ne ha la minima idea».

Liam scosse la testa. «Come se tu l'avessi. Va bene, dicci dov'è il tuo appartamento».

«Ehi, ho un po' di potere contrattuale», protestò Richard. «Non vi lascerò semplicemente entrare lì. Parlate con quel capo di polizia tutto d'un pezzo e ditegli di concedermi un accordo e poi vi lascerò entrare a casa mia».

Alzai gli occhi al cielo, combattendo l'impulso di sorridere quando Liam incrociò il mio sguardo. «Non abbiamo bisogno di una chiave per entrare a casa tua. In effetti, so dov'è. Daniel ce l'ha comunque nel suo fascicolo».

«Lascia in pace Abby», aggiunsi. «Non sono così sicura che possiamo aiutarti a ottenere qualsiasi accordo. Certamente non possiamo parlare per tutti, ma hai fatto irruzione nel mio negozio. Ci sono altri cinque posti che hai svaligiato».

Spinsi la sedia lontano dal tavolo, il rumore delle gambe sul pavimento di cemento risuonò forte nella piccola stanza. Liam fece lo stesso. «Vedremo prima se ci stai dicendo la verità. Se troviamo tutto ciò che hai preso, sono sicuro che questo sarà conteggiato a tuo favore come cooperazione con il tribunale», disse seccamente mentre ci voltavamo e uscivamo.

EPILOGO

Una settimana dopo, sedevo al massiccio tavolo da pranzo a casa dei genitori di Liam. Eravamo nella sala da pranzo formale perché avevano invitato a cena, per una sorta di celebrazione, tutti coloro che erano stati vittime dei furti. Richard era stato onesto, e avevamo recuperato tutti gli oggetti rubati dal suo minuscolo appartamento a Boston. Oltre a ciò che aveva preso in giro per Charm Cove, il suo appartamento conteneva scaffali e scaffali di libri di incantesimi. Sembrava che avesse attraversato il New England in lungo e in largo raccogliendo libri di incantesimi da librerie dell'usato.

Attualmente era in attesa di processo e fuori su cauzione. Per la maggior parte, le famiglie di streghe lo tenevano a cauta distanza.

La madre di Liam, Alice Good, fece tintinnare la forchetta sul bordo del bicchiere di vino, facendo cessare il mormorio di conversazione attorno al tavolo. Liam sedeva da un lato accanto a me, con sua madre e suo padre alle estremità opposte del tavolo. I miei genitori erano di fronte a noi, con zia Lea e Jacob al loro fianco. Erano presenti anche Opal e Theo Good, insieme ad Albert Bishop, sua moglie, e Sally e Rae Bishop. Sally e Rae erano ospiti d'onore perché avevano aiutato a capire cosa mancasse da The Ink Spot. A sua volta, questo ci aveva aiutato a concentrarci sulla vecchia famiglia di Richard. A completare gli ospiti c'erano Celia e Delia, e mia cugina Emma. Daniel aveva declinato l'invito. Gli piaceva mantenere una distanza professionale quando si trattava delle sue indagini.

Guardando intorno al tavolo, sentii una sensazione di giustezza fluire attraverso di me. Eravamo un gruppo eterogeneo, ma tutti credevano nella magia. Zia Lea mi sorrise mentre mia madre mi lanciò un'occhiata con un occhiolino. Per un attimo, mi chiesi di cosa stessero sorridendo, e poi sentii il peso del braccio di Liam sulle mie spalle.

Avrei potuto alzare gli occhi al cielo. Nonostante il loro accordo di non importunarci, lo facevano in modi sottili.

«Beh», disse Opal, «ce ne siamo occupati, non è vero?»

La madre di Liam era tranquilla, ma era sempre lei a tirare i fili dietro le quinte. Abbiamo scoperto successivamente che parlava con Beatrice da sempre e teneva d'occhio Richard.

«Non so proprio se dovremmo permettergli di restare a Charm Cove», intervenne zia Lea.

Mio padre la guardò e scrollò le spalle. «Non possiamo farci molto».

«Penso sia meglio se sappiamo dove si trova. Non credo che sia una cattiva persona in sé. Penso che abbia solo un po' di risentimento per il fatto che la sua famiglia ha perso potere. Voglio dire, Abby si trova nella stessa situazione in cui si trova lui, e non fa del male a nessuno», aggiunse mia madre.

Opal annuì. «Suppongo che tu abbia ragione».

«È venuta in negozio abbastanza regolarmente. Penso che stia pianificando di restare in zona ora. Mi ha detto che deve tornare nel New Hampshire per lasciare il lavoro e capire cosa farà qui per lavorare. O lasciamo che Richard se ne vada alla deriva e non sappiamo dove si trova, oppure rimane qui dopo la sua condanna, e abbiamo un'idea di cosa stia succedendo con lui».

Zia Lea sbuffò ma non contestò il punto. Si fermò per sorseggiare il vino, il suo sguardo che si spostava verso Delia e Celia. Sapevo che si sentiva protettiva a causa del loro coinvolgimento nell'abbattere Richard, per così dire. La conversazione proseguì dopo che una delle gemelle commentò che stava morendo di fame.

Più tardi quella notte, ore dopo la cena e dopo essere tornati alla mia dependance, guardai Liam. Eravamo seduti sul divano del mio soggiorno con Ghost che faceva le fusa a tutto spiano sulle sue ginocchia.

Liam si girò, i suoi occhi che incrociavano i miei. Con un occhiolino, l'angolo della sua bocca si sollevò. La mia pancia si rivoltò obbedientemente ogni volta che lo faceva, e mi chiesi cosa ci avrebbe riservato il futuro.

———

Grazie per aver letto Hex Me Not! Se desideri aggiornamenti quando ho nuove uscite e altre notizie, iscriviti alla mia newsletter: subscribepage.io/J3tvfP

Per più malizia, magia e caos a Charm Cove, gira la pagina per un'anteprima di Spells & Silver Bells, il prossimo libro della serie Wicked Good Mystery!

ESTRATTO: SPELLS & SILVER BELLS

MOIRA WICKED

In piedi davanti al bancone della cucina, bevvi un lungo sorso di vino. Ero sola quella sera perché Liam era a Boston per qualche giorno. Il Ringraziamento si avvicinava e fuori stava nevicando. Adoravo la neve precoce, così bella mentre ricopriva il paesaggio di brina. Con il bicchiere di vino in mano, infilai un paio di stivali per tenere i piedi al caldo, poi uscii sul portico sul retro.

La luce residua che filtrava dalle finestre faceva scintillare la neve mentre cadeva nell'oscurità. Sembrava che il cielo stesse spargendo polvere di fata.

Feci un respiro profondo, inspirando l'aria fredda e rabbrividendo leggermente. La neve che cadeva offuscava il bagliore della luna. L'oceano che si estendeva in lontananza non era visibile, tranne che per il suono delle onde che si infrangevano sulla riva.

Mentre mi giravo per rientrare, sentii in lontananza un rumore di rottura e voci che chiamavano. Ma poi tutto tornò silenzioso. Dato che avevo bevuto diversi bicchieri di vino quando mia cugina Emma e la mia migliore amica Zoe erano passate a cena prima, rimasi sul portico per qualche altro momento, in attesa di capire se avessi sentito qualcos'altro. Nient'altro che il suono delle onde che si infrangevano e la leggera nevicata giunsero fino a me. Una leggera raffica di vento attraversò il portico, facendo svolazzare i miei capelli.

Pensando che dovevo essermi immaginata tutto, scossi rapidamente la testa e mi voltai per rientrare. Incapace di dissipare la mia sensazione di inquietudine, non potei resistere all'impulso di scendere fino alla riva. Poco dopo, quando raggiunsi la scogliera, guardai l'oceano, scrutando la scura linea costiera.

In un bagliore di luce argentea tra le nuvole, il respiro mi si bloccò in gola quando vidi una barca contro gli scogli a breve distanza sulla riva. Tirando fuori il telefono dalla tasca, chiamai rapidamente Daniel Lévesque, il capo della polizia di Charm Cove.

Dopo aver segnalato l'incidente con la barca, mi precipitai lungo il sentiero roccioso verso la riva. Anche nell'oscurità, con la neve che cadeva e nient'altro che la luce nebbiosa della luna tra le nuvole a guidarmi, conoscevo il sentiero a memoria e mi feci strada verso il basso. Correndo lungo la sabbia, gridai, sperando di sentire qualcuno rispondere alle mie chiamate. *Sapevo* di aver appena sentito delle voci.

Non mi giunse alcun suono in risposta.

Raggiunsi la barca in questione. Era un peschereccio - ce n'erano centinaia in questa parte del Maine. Proprio come la maggior parte delle piccole cittadine costiere della zona, Charm Cove aveva un porto per barche e molte famiglie che si guadagnavano da vivere grazie al mare.

L'epoca d'oro della pesca commerciale nel Nord-est era ormai passata, ma ciò non cambiava il fatto che la pesca fosse uno stile di vita nel Maine. Considerai l'idea di arrampicarmi sulla barca scheggiata, ma decisi che probabilmente non era saggio. Almeno, non fino a quando qualcun altro non fosse arrivato qui. Anche se avrei potuto usare la mia magia per entrare e uscirne come fumo in caso di problemi, avrei potuto comunque trovarmi nei guai.

Osservando la piccola cabina della barca, era certamente possibile che tutti fossero sopravvissuti. In effetti, mi aspettavo che fosse così. Solo la prua della barca si era spaccata dove si era schiantata contro le rocce. Il resto dell'imbarcazione era intatto.

Mentre aspettavo, il mio telefono vibrò nella tasca. Tirandolo fuori, vidi il nome di Liam sul mio schermo. Era passata la mezzanotte, quindi non avevo idea del perché mi stesse chiamando proprio adesso.

Preoccupata, feci scorrere il dito sullo schermo, portando il telefono all'orecchio. «Ehi? Va tutto bene?»

«Beh, è per questo che ti sto chiamando. Nathan mi ha appena telefonato. Non sapeva che ero fuori città. Il faro ha smesso di funzionare», disse Liam, riferendosi al Faro di Beacon's Charm. Il cugino di Liam, Nathan, gestiva il faro. Tecnicamente, funzionava con la magia ed era così da quando era stato costruito, diversi secoli fa.

Se il faro aveva smesso di funzionare, avevamo un vero problema.

«Ok, è strano. Sono sulla spiaggia perché ho sentito un rumore di rottura e delle voci. C'è un peschereccio sugli scogli, e non c'è nessuno qui. Ho appena chiamato Daniel». Feci una pausa, voltandomi per vedere una luce brillante che scendeva dalla scogliera dietro casa mia, e il suono di voci che arrivavano fino a me. «Sta arrivando sulla spiaggia proprio ora. Dovrei andare».

«Sto tornando a casa adesso. Sarò lì tra qualche ora. Fai attenzione», disse Liam mentre riattaccavo.

Che diavolo stava succedendo? La magia del faro si era spenta, e un peschereccio era andato a schiantarsi. Ad aggiungersi a questi strani eventi, per quanto potessi capire, non c'era nessuno nei paraggi anche se ero sicura di aver sentito delle voci da qui solo pochi minuti fa.

Diverse luci apparvero dietro Daniel, fasci luminosi che rimbalzavano nell'oscurità mentre si facevano strada giù dalla scogliera e sulla spiaggia verso di me. In breve tempo, entrambi i miei genitori erano lì, insieme a Daniel, zia Lea, zio Jacob e Nathan Good. Nathan sembrava molto preoccupato e annunciò immediatamente a tutti che la magia del faro si era spenta.

Tutte le teste si voltarono verso di lui. «Cosa?» chiese Jacob, con tono brusco.

«Esattamente quello che ho detto».

«Non è possibile!» dichiarò mia madre. «Funziona con la magia. L'incantesimo per quel faro è stato lanciato secoli fa. È sempre stato infrangibile».

Un mormorio attraversò il gruppo, e quella sensazione di disagio dentro di me divenne più forte.

Un incidente in barca, un faro rotto, e nessun segno delle voci che avevo sentito. Oh, e il Natale era proprio dietro l'angolo.

Copyright © 2018 Lucy May; Tutti i diritti riservati.

1-Click: Spells & Silver Bells

Se desideri aggiornamenti quando ho nuove uscite e altre novità, iscriviti alla mia newsletter: subscribepage.io/J3tvfP

Serie Wicked Good Mystery

Destiny's A Witch

Hex Me Not

Spells & Silver Bells

The Great Maple Caper

Oopsy Daisy

Siren Song Gone Wrong

Pumpkin Patch Murder

Serie This Good Witch Mystery

Wish Upon A Witch
A Stormy Spell
A Stitch of Magic
Bee Charmed
Serie Lemon Tea Cozy Mysteries
Witch You Wouldn't Believe
A Spell to Tell
Witch is When it Gets Crazy

SULL'AUTRICE

Lucy May ama il caffè, i cani, cucinare e scrivere. È una meridionale fuori posto che vive nel Maine. Ha imparato ad apprezzare le quattro stagioni, ma sente ancora nostalgia per le pigre estati del sud. Le piace pensare che in un'altra vita potrebbe essere stata una strega e crede ancora nella magia. Trascorre il suo tempo creando storie paranormali sciocche, sarcastiche e sexy.

Facebook

www.ingramcontent.com/pod-product-compliance
Lightning Source LLC
Chambersburg PA
CBHW071424300726

48976CB00004B/1237